「ああ、しまった。
こんなに赤く腫れて……
ユフィのここがおいしすぎて、
夢中になってしまった」
ディートハルトが指先で
グリッとその実に触れた。
優しく転がすような刺激
ユフィの身体の芯を疼かせ

皇帝陛下と秘めやかな鳥かご

～新妻が可愛すぎて限界突破しました!!～

月城うさぎ

Vanilla文庫

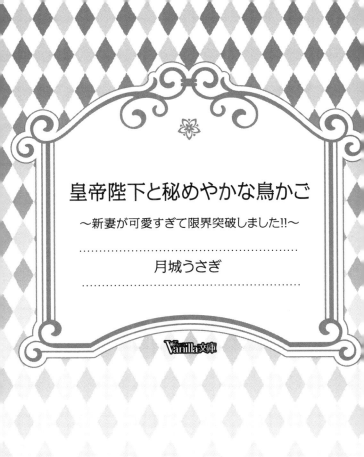

皇帝陛下と秘めやかな鳥かご

新妻が可愛すぎて限界突破しました!!

Contents

イラスト／鳩屋ユカリ

プロローグ

春の精霊が温かな風を運んでくる三月初旬。

雲ひとつない穏やかな天気の中、一組の男女が盛大な婚姻式を挙げていた。

薄紅色の豪奢《ごうしゃ》なドレスに身を包んだ小柄な少女と、漆黒に金糸の刺繍《ししゅう》が施された正装姿の男。

背が高くがっしりした身体つきの男にエスコートされる花嫁は、その身長差と体格差からとても華奢《きゃしゃ》に見えた。

花嫁は銀糸で編まれた繊細なベールを頭からかぶっているため、夫となる男の顔を直視できていない。また、政略結婚で遠方の国から嫁いできたばかりで、未来の夫のことはほとんど知らなかった。

婚姻式が始まってからも、顔を仰げばベールがずれるかもしれないと思い、ひたすら前しか見つめていない。

だが、ようやく婚姻式の宣誓を述べるときがやってきた。

ベールをめくりあげられたら、夫となる男の顔を確認できる。

心臓がドクドクと速い。肘まである手袋の中で、手のひらがじんわりと汗をかいていた。

隣でたたずむ男が花嫁のベールに触れる。

――ついに来たわ。

緊張を落ち着かせながら意識的に微笑《ほほえ》みを浮かべていると、彼女の視界が開けた。

目の前の男が背を屈《かが》めて、花嫁の顔を覗《のぞ》き込《こ》む。

「……っ！」

彼女は静かに息を呑《の》んだ。

――お母様、お父様、お姉様……、私に祝福の女神が微笑みましたわ！

気遣うように顔色を窺《うかが》い、ぎこちなく微笑を見せる男……今この瞬間から自分の夫となった男は、少々厳《いか》めしい顔をした年上の美丈夫で……彼女の心臓にときめきの矢が刺さった。

――か……っこいい……！　素敵……！

胸がキュンと高鳴っている。脳天からつま先まで、落雷に打たれたような衝撃に襲われた。

鼻腔《びこう》をくすぐるスパイシーな香りに年上の男の色香が含まれているようだ。至近距離から見つめられるだけで足元がふらつきそうになった。

男の吐息が感じられた直後、額に柔らかな感触が押し付けられた。

誓いのキスをされたのだ。彼女の頬《ほお》が薄っすら赤く色づいた。

この日、ミレスティア王国第三王女であるユーフェミア・キルスティ・ミレスティアは、大陸一の国土を誇るベルンシュタイン帝国皇帝、ディートハルト・ヴィルヘルム・ベルンシュタインの妻となった。

幸運なことに、夫となった皇帝陛下に一目で恋に落ちた。彼の気遣うような優しい眼差《まなざ》しやぎこちなく微笑んだ顔がとても好みだった。

――この方の妻になれるのね……！　とても楽しみだわ。

そう、これからの新婚生活に期待で胸を躍らせたのであった。

第一章

大陸の最北端に位置するミレスティア王国は、一年の半分が雪で覆われた北国だ。春と夏が短く、秋と冬が長い。

国民は皆見目麗しく色素が薄い。肌は白く、髪の毛もプラチナブロンドの者が多いのが特徴的だった。

中でもミレスティアの王族は特に色素が薄い。肌は白磁の器のように滑らかで、髪は銀色、瞳はアイスブルー。まさに雪国の妖精という呼び名がぴったりな容姿をしていた。整った容姿で見目麗しいのもどこか人間離れしている。

また、この国は大陸の中でも唯一女王が統治する王国であり、ミレスティア王家は子宝に恵まれることでも有名だった。

現在の王家は女王のオリビアと王配のフランツ、五人の王女と二人の王子。

この中で王位継承権を持つのは王女のみだ。

五人姉妹の第三王女、ユーフェミア・キルスティ・ミレスティア——愛称ユフィ——は、自国の高位貴族から婿養子を取った長女マリアーナと、王族ながら騎士団に入り早々に伴侶を見つけた次女ヴィクトリアを見て、次に結婚するのは順当に考えて自分だろうと思っていた。

そしてもし政略結婚の可能性があるなら、それも自分に回ってくるに違いない、と。

ユフィのすぐ下の妹はまだ十四になったばかり。

先日十八歳を迎え、成人を済ませたユフィの方がそろそろ婿探しを迫られるはずだ。

ユフィはぼんやりと、理想の夫について空想していた。

「マリアーナお姉様のように気遣いができて頼りがいのある貴公子を選ぶのもよし、ヴィクトリアお姉様のように強くて逞《たくま》しく、犬のように従順な婿もいいわよね……」

二人の姉はそれぞれ系統が違う男性を婿養子に迎えた。どちらもミレスティアの特徴が色濃く、繊細で端整な顔立ちの美男子だ。

「できることなら私もこのまま国に残って、お母様の手伝いをしたいところだけど……。もし私が他国に嫁ぐことになっても、あなたも一緒に来るのよ？　ルー」

ユフィは膝をついて自分の隣に寝そべる大きな白い獣を撫《な》でる。

ルーと呼ばれた獣は、名をルスカという。

見た目は真っ白な狼《おおかみ》だが、生態は少し違う。

ルーはミレスティア国の神獣として常に王族に寄り添う賢い獣だ。しかし普通の獣のように飲食もしなければ繁殖もしない。雌雄の判別もできない、不思議な神獣なのだ。

ミレスティアを建国したのは月の女神を祖先に持つ女王セレスティーナと、狼のような獣だった。人の言葉を理解する賢い獣は、女王が亡くなるまで良き友として寄り添い、国造りを支えてきたと言われている。

建国から八百年が経過した今も、ミレスティアの王家には不思議な神獣が寄り添っている。

王家に新たな姫、王子が生まれたとき、女王の神獣も赤子を産む。いや、産むというよりは、どこからともなく小さなモフモフが王城に忽然《こつぜん》と現れるらしい。

彼らは繁殖ではなく、分裂しているのではないかと考えられているが、真相は誰にもわからない。だが、建国当初から変わらず王家と共に国造りを支えている大事な相棒であった。

ユフィは生まれたときから一緒に育ったルーの頭を撫でながら思案する。

たとえ政略結婚で他国に嫁ぐことになっても、ルーを受け入れられない人の元には嫁がないと決めていた。

それは女王や姉妹も同じ考えだ。神獣一匹すら受け入れられないような器の小さな男など、王族の伴侶として相応《ふさわ》しくないと言うだろう。

「私の理想の伴侶は、できれば年上がいいわね。十歳くらい上なら落ち着いているでしょうし、包容力もありそうだわ。物知りで、なんでも教えてくれて、優しくて。それに生活の基盤ができている方がいいわね。一から一緒に頑張るよりは、苦労が少なそうじゃない？」

「……クゥン？」

ルーが微妙な相槌《あいづち》を打つ。

神獣だが、人間のように喋《しゃべ》ることはできない。しかし知能が高いので人の言語を理解しているし、ユフィと意思の疎通も可能だ。

「そんな呆《あき》れたような視線やめてよ。あくまで理想っていうだけだからね？　一緒に苦難を乗り越えていくのも素敵だと思うけど、現実世界は物語のように順調にいくとは限らないんだから。それなら、『あなたは私の妻として傍《そば》にいてくれるだけでいい』とか渋い声で言ってくれるような年上の美丈夫の方が甘えられそうじゃない」

「……ワフ」

ルーがあくびをして目を閉じた。やれやれ、と言いたげだ。

ユフィは乙女の理想に付き合ってくれない相棒を撫でるのを止めた。人間より現実的な思考を持つ獣は未《いま》だに謎が多い。

――もう、私と同い年のはずなのに……どうも若さがないわよ、ルー！

敷物の上でルーの腹に顔を埋めようとすると、ユフィの侍女がやってきた。

「ユーフェミア殿下、陛下がお呼びです。至急謁見室へお越しください」

「お母様が？　わかったわ、今行くわ」

ルーの耳がピンと立った。

すくっと立ち上がったルーに続き、ユフィもドレスの裾を軽く叩《たた》く。

普段着用の動きやすいドレスを纏《まと》っているが、わざわざ着替えることはない。そのような手間をかけるより、女王は時間と効率を重視する。

隣にルーを従わせたまま、謁見室に到着した。天井が高く、毛足の長いカーペットが敷かれた上を歩く。

豪奢な椅子に座り、片脚を組んだ女王に挨拶を述べた。

「お呼びでしょうか、お母様」

女王はとても七人の子を産んだとは思えないほど若々しい。ユフィと同じ銀の髪とアイスブルーの瞳を持った美しい雪国の女王だ。

キリッと吊《つ》り上《あ》がった眉と目は威厳に溢《あふ》れているが、女性らしい柔らかさも併せ持っていた。背が高く、豊かな胸に細い腰はユフィの理想の将来像である。

だが外見に騙《だま》されるべからず。彼女は時に男よりも豪胆で、為政者としても逞しかった。

――なにか悪巧みをしている顔だわ……。

女王の微笑は、どこか楽し気に見えた。

「ユフィ、聞いて喜ぶがいい。よい報《しら》せを持ってきたぞ」

「まあ、嬉《うれ》しいですわ。どんな報せでしょう」

——きっと縁談だわ。

それがユフィにとって嬉しいことなのか、嘆くことなのか。恋人もいなければ初恋もまだの彼女には判断ができない。

ふと、女王の隣に静かにたたずむ神獣に視線が向いた。

ルーより一回り大きな真っ白な獣。足元に寝そべることなく、女王の番犬のように背筋を伸ばしてユフィとルーを見つめてくる。

その理知的な眼差しの獣は、ユフィにとっても第二の両親のような存在だ。優しく厳しく見守ってくれる相手だ。

女王が神獣の頭を撫でながら口元を綻ばせた。

「ベルンシュタイン帝国の皇帝との縁談だ」

「ええ……っ！　帝国の皇帝陛下との縁談……!?」

政略結婚で他国に嫁ぐ可能性はあるだろうとは思っていたが、まさかそこまで大きな相手だとは思わなかった。

ミレスティア国は、大国の帝国と違い小国だ。だが豊富な資源を持ち、銀山まで有しているため、小国ながら貧乏ではない。

ベルンシュタイン帝国は、皇帝が世代交代するまでは随分無茶《むちゃ》な領土拡大を行っていた。帝国に降伏し、領土を奪われた国は少なくはない。

ミレスティア国は最北端かつ峻険《しゅんけん》な山が聳《そび》え立《た》ち、簡単には侵略できない地形が功を成して帝国に攻め入られることはなかったが、その代わり友好の証《あかし》として彼らが提示したミレスティアの資源を定期的に輸出させられていた。

だが三年前、皇帝の唯一の実子である皇太子が悪政を敷く父親を討ってその座に就いた。以来、領土拡大の侵略はなくなり、他国と友好的な協定を結んでいる。

元々ミレスティアは中立国だ。国々の諍《いさか》いに関与をしないという態を保っていたが、それまで止《や》むを得《え》ず帝国の要求を呑んでいたにすぎない。

皇帝が世代交代を果たしてから、帝国と新たな国交が築かれ始めたばかりだった。

「……帝国の皇帝陛下って、まだ独身だったのですね……てっきり後宮があって、何人ものお妃様《きさき》を抱えているのだと思っていましたわ」

「それは先代皇帝までの話だな。まあ、先代も病を患ったため子供はひとりしか作れなかったそうだが。今の皇帝は無駄を好まないと聞く。後宮の維持費もばかにならないからすぐに潰したという話だ」

三年で国を建て直すことは安易ではないだろう。相応の資金も必要だったはずだ。後宮の維持費を国家予算から省ければ、その分他のことに回すことができる。

――まともな皇帝になったって噂《うわさ》は本当だったのね。こんな北国まで情報が届くには時間がかかるけど。

だが、はたと気づいた。

妃を娶《めと》るなら、もっと近隣諸国の姫の方が都合がいいはずだ。まだ外交にも力を注ぐとなると、早急に周辺国の友好国と親睦を深めた方がいいのでは。

「何故《なぜ》わざわざ皇帝陛下の縁談がうちに……？　なにか利点があるのかしら」

「我が国は中立国を謳《うた》っているからな。その国までもが皇帝に味方をしたと近隣諸国に見せしめたいのだろう」

「え、それは国としてよろしいことなのですか？」

「まあ、構わん。うちもただで王女をやるはずがないからな。今後、帝国との貿易を強化する予定だ。その協定の決定権を我が国に委ねると言っている。破格の条件を提示したとしても、帝国は頷《うなず》くしかない」

「ええ！」

そんなことまで交わされているということはつまり、この縁談は決定しているも同然なのではないか。

「……貿易を強化となると、あの海域を抜けられる船が帝国にはあるということですか？」

「ああ、なかなか抜かりはないぞ。二年前から造船にも着手し、今までとは比べ物にならない大きさの船を作り出したそうだ。これまでミレスティアから帝国への輸出は、荒れ狂う海域を避け、陸路で隣国を経由していた。遠回りでひどく効率が悪かったが、あの海域を抜けられるとなると帝国の港からこの国の港まで一週間ほどで到着すると見ている」

「一週間！」

今までの遠回りの輸送方法では、二ヶ月弱かかっていた。また、隣国を経由し陸で運ぶため、盗賊被害などの可能性があった。だが、港から港まで運べるようになるとすれば、そのような心配事も減るだろう。

——それが実現できたら、帝国から食べ物の輸入もできるし、冬の食糧不足も減って備蓄の心配が消えるわ。新しいものがどんどん取り入れられていく。

大型船が着港できるよう港の整備をする必要はあるし、これから関税関係も詰めていくだろう。……もし本当にユフィが帝国に嫁ぐことになればだが。

「もしかして、私の輿入《こしい》れのときはその船で移動することになるのですか？」

「そうなるだろうな。船旅は面白そうだ。私もぜひ乗ってみたい」

「ワフン」

女王の神獣が首を左右に振っている。一緒に乗るのは駄目だと諭しているようだ。

これほどの利益がかかっている縁談を断ることは叶《かな》わないだろう。ユフィは最後に気になっていたことを確認する。

「ちなみに、皇帝陛下はどのような方なのですか？　即位までの経緯は大方把握していますけれど、容姿や性格に関しての情報はあるのですか？」

女王はにんまり笑う。

「あんまりあれこれ言うのはつまらんが、最低限教えておこう。年齢はそなたの十個上、二十八歳だ。剣の才にも長《た》けている。元々皇国軍にいたからな、恐らくうちの騎士団長と互角に戦えるだろう。武闘派だが性格は血の気が多いというわけではないようだ。交渉術もあるし、人望も厚い。なにより民の生活をよく見ている。民を顧みず税率を上げて内乱を起こした先代より頭も切れて理性的だ。外見は……見てのお楽しみに取っておいた方がいい。私は絵姿を見たがな」

「絵姿があるのですね！」

それなら先に見たい。

だが、女王が言うように、楽しみが薄れるというのもわかる。

――それに政略結婚で見た目を気にしても仕方ないのかもしれないものね。

よくよく考えると、先ほど女王が述べていた皇帝の情報は、ユフィの理想の伴侶と一致しているのではないか。人望も厚いとなれば、包容力だってありそうだ。

今の皇帝が即位してから三年。よくやく国が安定したのだろう。

――悪くない気がしてきたわ。むしろ良縁かもしれない。

現在ユフィに好きな人はいない。そもそも恋愛経験もしたことがない。巷《ちまた》で流行《はや》っている恋愛小説を読み、ときめきや情緒というものも理解できるようにはなったが、自分自身には未知の体験だと思っている。好きな人がいないのであれば、この縁談を断る理由もない。

だが願いがあった。ユフィの座右の銘は、『いらない苦労はしたくない』だ。

「……ひとつ我がままを言うなら、最低限の公務にしか参加したくないですわ。公の場にあまり頻繁に出るのは気が進みませんもの。私たちの容姿は、帝国の方たちとは異なるでしょうし」

「そうだな、私も大事な愛娘《まなむすめ》が好奇の目で見られるのは避けたい。ユフィの外見のみを懸想する男どもも出てくるかもしれぬし」

「何故外見のみなのです？」

「それは我が娘たちは、見た目だけなら妖精姫の名の通り儚《はかな》げだからなぁ。けれど誰ひとりとして、従順で可憐《かれん》なだけの姫ではないだろう？」

「当たり前ですわ。お母様の娘ですもの」

ユフィの姉妹たちの中に、お淑《しと》やかな姫は存在しない。全員が繊細とは真逆の性格で肝が据わっており、一言で表すなら逞しい。

ここは女王が統治する国家だ。女性は自分の意見を忌憚《きたん》なく発言し、社会進出する女性も多い。ミレスティアの大臣の半数が女性なのも、この国ならではだろう。

「あと、ルスカも連れていきますわよ。それが許されないのであれば、この縁談はお断りいたします」

ユフィの隣で大人しくしているルーを見下ろす。

ルーも顔を上げてユフィを見つめ返していた。ユフィの目の色と同じアイスブルーの瞳が、もちろん一緒について行くぞと語っているようだ。

「それは安心していい。先方は当然そのことを承知済みだ。問題ないなら、このまま進めるがどうする？　断るなら今だぞ」

女王は最後の決断をユフィに委ねた。

きちんと訊《き》いてくれるところに、母としての愛情を感じる。

「正直最初は戸惑いましたけど、でも今はもう前向きに考えてます。ずっとミレスティアにいるよりは、いろんな国を見て見聞を広めて、新しいことに挑戦してみるのも面白そうですもの。皇帝陛下が素敵な殿方なのを期待しますわ」

「そうか、ユフィならそう言うと思っていた」

女王が安堵《あんど》の息を吐いた。

国としても、このまま現状維持では難しいと思っていたのだろう。二国との国交を進めていけば、さらなる発展に繫《つな》がっていく。

「あとそうだ。わかっていると思うが、皇帝がミレスティアにこの縁談を持ってきたのはもうひとつ理由があるぞ」

「え？　なんですか？　……雪国の妖精と呼ばれる私たちが美しいから？」

ユフィはミレスティアの外見が、他国の人間から好ましいと思われることをわかっている。色素の薄い髪も目も神秘的なのだという話を聞いたことがあるからだ。

「我々が皆美しいのは事実だが、もうひとつあるだろう。ミレスティアの王族は、代々子だくさんだ」

「なるほど……」

ミレスティア王家には五人の王女と二人の王子がいる。

ひとりの王妃が七人も世継ぎを生んでいる国は他にない。

「子宝に恵まれて安産だってことも知られているのですね……」

「妃の一番の仕事は、世継ぎを産むことだ。健康で元気な世継ぎを産める可能性が高いということも、我が王家に縁談が入った理由だろう。そこで、そなたは初夜までに男女の作法を学んでおくように」

「……承知しました。あ、そうですわ。私から求愛《プロポーズ》のダンスをする必要もありますか？」

求愛ダンスとは、ミレスティア国の伝統的な求婚方法だ。

男性は決まったステップを三つ踏んで、あとは個人の自由で創作ダンスを踊って意中の女性に求婚する。

このダンスのでき次第で求婚が成立しない場合もあるので、年頃の男性は必死に独自のダンスを創作する必要がある。

今回嫁入りをするユフィも相手に求められた場合に備えて、学んでおく必要があるのかと思ったが。女王は首を左右に振った。

「それはこの国だけの文化だ。帝国には関係ないぞ」

「ええ……！　知らなかったわ。ということはつまり皇帝陛下の求愛ダンスも見られないのですね。残念だわ」

「この国に婿入りをするなら、皇帝にも我が国の伝統に従ってもらうが。そなたが嫁入りを果たすのだから、これからはあちらの文化に従わなければならない。……まあ、私も皇帝の求愛ダンスは見物だと思うが」

クク、と女王が肩を震わせている。

ユフィは少しだけ唇を尖《とが》らせた。

「そういえばお母様は、お父様に十回もやり直させたのでしたっけ。諦めなかったお父様もすごいけど、何度もやり直しをさせたお母様もさすがですわ」

「一回目のダンスの出来がひどかったというのもあるが、顔を真っ赤にさせて涙目で頑張る姿が可愛《かわい》くてなぁ……諦めない根性も気に入った。それほど私が好きなのかと思わされるのも気分がいい」

未だに両親二人は仲睦《むつ》まじい。もしかしたら今後もうひとり妹か弟が増えるかもしれない。

「初夜の作法等は、そなたの姉たちに任せよう。最低限の知識がないと困るのは女性の方だからな。それと他国では処女性が重要視され、貴族令嬢も初夜に関してあまり知らされないそうだが、さすがにどうかと思う。知識があるのとないのとでは、不安も変わってくる。男ばかりに主導権を握らせるものではないぞ」

「はい、お母様！」

嫁入り前に知識がある方が圧倒的に安心感がある。姉王女たちなら包み隠さず、あれやこれやを教えてくれるだろう。

――つまり実践前に耳年増《みみどしま》になっておくってことよね？　理解したわ。

ちなみにミレスティアの国民は性に奔放というわけではないが、処女性を重要視はしていない。

女性優位の国ならではだが、家庭内のヒエラルキーは妻が上だ。また結婚したからといって妻が子を産むとも限らない。

子を産む決定権は常に女性にあり、女性が望まないのであれば強要は許されていない。

だからこそミレスティアの男性は女性に尽くし、妻を一番に考える。愛する妻の負担を減らすために。

国には離縁制度もあるが、ほとんどの国民は一生同じ伴侶を連れそうのだ。

――帝国に後宮がなくなって、一夫多妻制でもないなら頑張れそうだわ。せっかく夫婦になるのに、他の妻に遠慮を感じるようなことは大変そうだし。政略結婚でも、夫は私を一番に大事にしてくれる人がいいわ。

男女ともに伴侶を尊重し、相手に愛を伝え合う関係が理想だ。

ユフィの父は顔を合わせるたびに妻である女王を褒《ほ》め称《たた》え、子供たちにも言葉で愛情を伝えている。ユフィは穏やかで優しく気立てのいい父が大好きだ。

――もしかしたら私の理想の男性はお父様のような人だったのかもしれないけど、まあ大丈夫よね。皇帝陛下がもし極悪非道な男性なら、お母様が私に縁談を持ってくるはずがないでしょう。

数日後。ユフィは姉王女から初夜の作法を学ぶことになった。

「ああ、かわいそうなユフィ。外の世界は男尊女卑が強いと聞く。男は伴侶を持ちつつ平気で浮気をし、外に子供まで作るらしい。男と言う名のケダモノだな。理性などないに違いない。そんな汚らわしい世界に可愛い妹をやらねばならぬとは……種を撒《ま》くことしかできない男に虐げられそうになった場合の仕返しを姉さまが教えてやるからな、安心しなさい」

「そうだわ、ユフィ。人体の急所をきちんと把握しておくのよ。体格の大きい男でも一撃で倒せる技と暗器を用意しておくわね」

第一王女であり王位継承権第一位のマリアーナと、第二王女のヴィクトリアがユフィをお茶会に招いて、早々に息を巻いていた。

暗器とはなんだろう。尋ねるのが怖い。

「……ありがとう。それは自己防衛として知っておきたいけれど、それが目的ではないというか……」

妹想《おも》いの姉二人に、ユフィは苦笑した。

マリアーナは男装を好み、動きやすい服装をしている。ヴィクトリアも騎士団に所属していることもあり、ドレス姿ではなく軽装だ。

この二人は王城内でも、凛々《りり》しく美しいことから特に女性からの支持が高い。結婚を発表したときは、伴侶となった二人の夫に嫉妬の嵐が向かったほど。

姉王女とユフィが似ているのは肌、髪、目の色くらいだ。長身の二人と比べて、ユフィは十五センチほど小柄である。十四歳の妹姫の方がユフィより背が高い。

――栄養が全部胸に行ってる気がする……。

また少しドレスの胸元が苦しくなってきた。背は伸びないのに、何故か胸が膨らんでいくことが悩みの種だ。邪魔で仕方ない。

「初夜の作法だったか。他国では従順でまっさらな娘が好ましいとされているそうじゃないか。声ひとつ上げてはいけない、旦那様のすることに抵抗してはいけない……なんて腹立たしい」

「マリアーナお姉様、それは神聖国のことで帝国とは違うわよ。神聖国は初夜を儀式と呼ぶほど神聖視しているらしいけれど、帝国はそれほどではないわ」

「え、なんか気持ち悪い……」

ユフィは思わず姉二人の会話に口を挟んだ。

神聖国は帝国から少し離れた南にある国で、熱心な宗教国家だ。神殿、神官の数が他国より圧倒的に多い。

そこには近づかないようにしよう、とユフィは決めた。

「まあ、いろいろ衝撃的だろうと思うが。なにせ裸になって身体を合体させるのだから。だが、重要なのは子作りではなく、その過程だ。どうやって互いの気持ちを高め合い、愛情を伝えあうか。結果、それが子作りということになる」

「どちらかが気持ちよくなるためでも、結果重視のまぐわいでもない。双方の気持ちが通じ、愛情を感じ取れて伝えられる。これが理想よ」

「なるほど……！」

さすが経験者は違う。ただ挿入して精を出してもらえればいいものではないらしい。

――互いの気持ちを高め合わなくちゃいけないのね。愛情……はすぐに芽生えるものではないかもだけど。少しずつ好意を抱いていたら、それが愛情に変わってくるはずよね。

気持ちを伝えられる過程が大事なんだわ。

ユフィの膝にルーの顎が乗った。構ってほしいというより、大丈夫？　と窺っているような仕草だ。

そんなルーの頭をひと撫でし、姉たちの隣に寝そべる獣を見つめる。

マリアーナの獣は漆黒、ヴィクトリアの獣は薄茶色。真っ白な毛並みは女王の獣の他にルーしかいないが、どの子も賢くて愛らしい。

「とりあえず、だ。身体的に処女には負担が大きい。気持ちよくなるには時間と慣れが必要だ。そのため、初夜に必要な道具を一式持ってきた」

赤い天鵞絨《ビロード》張りの箱が手渡された。

ユフィの化粧箱と同じぐらいの大きさだ。中は意外とずっしりしている。

「なに？　これ。開けてもいいの？」

二人が頷いた。

箱を開けようとするが、小さなダイヤル式の鍵がかかっている。

「なんだか厳重ね……」

「鍵の開け方は、右に二回、左に一回、右に一回。順番は鳥、鍵、剣」

ヴィクトリアの言葉通りにダイヤルを合わせていく。

「鍵には六つの絵が描かれているが、順番通りに合わせないと開かないようだ。

「開いたわ」

箱の中には衝撃を吸収するようなたっぷりした布が張られている。そしてその上に、いくつもの小瓶や軟膏《なんこう》など、使用用途がわからないものがぎっしり詰められていた。

「液体が入っているけれど、これは?」

「香油、媚薬《びやく》、精力剤と万能な軟膏薬だ。香油は滑りをよくするために双方で使っていいし、痛みを和らげる作用も入っている、媚薬は初夜の緊張を解《ほぐ》すためにユフィが使ったらいい。あ、どちらも経口摂取じゃなくて粘膜から浸透する。自分でするのが恥ずかしければ、皇帝に頼んだらいいんじゃないか」

マリアーナの説明にヴィクトリアが頷く。

「確かにその方が双方の緊張も解れそうね。あと精力剤は男性用よ。皇帝が万が一起《た》たない場合に使ったらいいと思うわ。それと安全に使えることは確認済みだから心配しなくて大丈夫。身体に副作用とかもないわ」

「なるほど……心強いわ。ありがとう、お姉様」

嫁ぎ先でよくわからない薬を使われるのは抵抗があるが、自国から持って行った物を使用するなら安心感がある。

姉たちの言葉は信用できる。確認済みということはつまり、二人とも使ったことがあるのだろう。

――ちょっと照れくさいけど、信頼できるものを贈ってもらえてよかった。

その他、夜の営みについての書物を手渡された。曰《いわ》く、ミレスティア国内でも多くの結婚した夫婦が読んでいる冊子だそうだ。女性の身体の不調や妊娠時期など、細かい情報が書かれている医学書でもあった。

参考として活用したらいいと言われ、ありがたく頂戴する。

「あとそうだな、他にも私たちから餞別《せんべつ》があるから、それは時期がきたら渡そう」

「まあ、なにかしら。楽しみにしておくわ。ありがとう、お姉様」

――これで帝国に行くまでに、あれこれ準備ができるわ！　初夜の不安も解消できそう。

欲を言うなら、皇帝が不能ではなければいい。

二人から贈られた箱は一度返すことになった。出立前に新しい物と交換してくれるそうだ。

精力剤を使用せずとも皇帝が子作りに協力的であれば気苦労も減るだろう。

――激しく求められて女の喜びが満たされた、って少し過激な恋愛小説にも書かれていたわ。私もその境地に達することができるのかしら。

緊張と期待で胸がわくわくする。

だがその前に、未来の夫が素敵な男性であればいい。少しでも好意を抱ければ、その感情が愛情に変わるのも時間の問題だろう。

そう、ユフィは感じていた。

◇◇◇

四月初旬。

ベルンシュタイン帝国にて、皇帝とユフィの盛大な婚姻式が行われてから一ヶ月が経過した。

予想では、きっと言葉に表せられないような甘い蜜月を過ごし、妻としての経験値も上がっているだろうと思っていたのだが……その目論見《もくろみ》は甘かった。

「はぁぁ……なんてことかしら。悪戯《いたずら》に時間が過ぎてしまったわ」

寝台の上で頭を抱えるユフィの腕に、隣に寝そべるルーがポン、と手を乗せた。

その慰めるような仕草に癒《いや》される。

ユフィは朝からルーをギュッと抱きしめて、背中の毛をモフモフした。

「まったくもって誤算だわ。まさか一ヶ月も経《た》っているのに、初夜を迎えていないんですもの。こんなこと想定していなかったから、お姉様たちにも事前に相談しておけなかったし」

婚姻後の夜が初夜なのではなかったのか。

まさか手を出されないことがあるなど思ってもいなかった。姉王女たちも、皇帝がそのような男という仮定をしていなかっただろう。

婚姻式ではじめて夫となったディートハルト・ヴィルヘルム・ベルンシュタインを直視したとき。ユフィは言葉にならない衝撃を受けた。

とてもとても、かっこいい！

語彙力が死んでしまうほど素敵な男性と出会えたのははじめてだった。

広い肩幅に服の上からでもわかる逞しい胸板。鍛えられた肉体なのが伝わってくる大柄な男性だ。ユフィが踵《かかと》の高い靴を履いてもディートハルトの肩にも届かない。

長身の美女が彼と並んだら釣り合いが取れそうだ。姉たちくらい長身だったらと羨む気持ちもあったが、ディートハルトはユフィの歩幅に合わせて歩いて、常に彼女を気遣ってくれた。

ミレスティアの男ならそれが当たり前だが、ここは異国なのだ。女性を気遣ってくれるというのはいつも以上に好感度が高い。

体格が大きい男の隣は威圧を感じそうだが、不思議とそれもなかった。威圧感より安心感の方が強い。ミレスティアの男性は皆線が細く、騎士団で鍛えている男性も大柄とまではいかないため、皇帝のような男性とははじめて出会った。もしかしたら民族的に筋肉がつきにくいのかもしれない。

そしてなにより惹《ひ》きつけられたのがディートハルトの目だ。視線が合わさった目がとても優しかった。

皇帝は黒髪に紫の目をしている。彼の慈愛を感じられる紫の目を見つめていると吸い込まれそうになった。

予想していた以上に好感度が高い。この男性が自分の夫なのだと思うと、ユフィは期待と高揚感から胸の高鳴りが抑えられなかった。

物語の中だけでしか聞いたことがなかった一目惚《ひとめぼ》れをまさか自分が経験することになろうとは。あまりの運の良さに、心の中でミレスティアの女神に感謝した。

——頑張って歩み寄るわ！　国外にまで仲睦まじい理想の夫婦って噂されるように！

額に誓いのキスを落としてくれた直後からこのような勇ましい決意を抱いていたのだが……それがまさか一番接触できた経験になろうとは、思ってもいなかった。

婚姻式の直後、互いに時間が必要だろうということで、名目上は夫婦だがしばらくは婚約者同士のような扱いになろうと言われたのだ。

当然寝室は別だ。あれこれ用意し、国から持ち込んだ媚薬や、姉たちが用意してくれた扇情的なネグリジェなども未だ出番を待っている。

「……私そんなに繊細なお姫様じゃないのだけどね」

「ワフゥ」

同意するようにルーが一声上げた。

だが、ユフィの見た目が可憐で儚げなのは事実。予想していたよりも十倍ほど、周囲から腫物を扱う目で見つめられた。妖精姫と囁《ささや》かれることにもすっかり慣れてしまった。

国からは誰も連れてこられなかったため、ユフィ以外のミレスティアの人間はいない。また、滅多《めった》に自国を出ないため、他国は噂でしか雪の妖精を知らないのだ。

——色素が薄いだけでそんなに妖精感があるのかしら？

宮殿内を歩くとルーにも視線が集まってくる。

ユフィと共に連れてきた一匹の真っ白な神獣。狼のような特徴をしているが、食事を必要としない。水を飲むし人と同じものも食べられるが、それも気が向いたときだけ。一体なにで補っているのか謎である。

ミレスティア王家の守護神と呼ばれて、番犬のように皇妃に寄り添い人語を理解できる。時にお使いとして急ぎの書簡を運ぶ姿も宮殿内で見られる……というのが、ルーについて囁かれている情報だ。

「私よりルーの方が陛下の役に立っている気がする……この間も陛下の側近から頼まれてなにかお使いしていたでしょう。妖精姫なんて外見でしか判断されていない私より、よっぽどこの城に溶け込んでるんじゃない？」

ルーの真っ白な毛をブラッシングしながら、つい愚痴を零《こぼ》してしまう。生まれたときから一緒に育っているため隠し事も遠慮もしないせいで、思ったことをなんでも言ってしまうのだ。

そんなルーはユフィの膝に頭と前足を乗せて、気持ちよさそうに目を閉じていた。ブラッシングされるときはいつも大人しくしている。

ふいに寝室の扉がノックされ、ユフィの侍女が現れた。

「おはようございます、皇妃殿下。よくお眠りになられましたか？」

「おはよう、フローラとハンナ。ええ、よく眠れたわ」

「それはよかったです。ルスカ様のブラッシングが終わりましたら、お召し替えをいたしましょう」

フローラとハンナはユフィ付きの侍女だ。年齢は二人ともユフィより少し年上で、フローラはマリアーナと、ハンナはヴィクトリアと同年齢だ。どうもディートハルトが姉王女の年齢を知り、彼女たちと年齢が近く性格が穏やかで仕事のできる侍女を任命したそうだ。

フローラが窓のカーテンを開けて換気をする。

ハンナはルー用に水を取り替えた。

ルーも彼女たちが好意でやってくれていることを無下にするつもりはないのだろう。新しく取り替えてくれた水を飲みに、寝台から降りている。

ブラシに絡まった毛玉をゴミ箱に捨てて、ユフィは洗面台へ向かった。

「先ほど陛下より、中庭で朝食を召し上がりたいとお誘いがありましたが、いかがいたしましょうか。もしお受けされるようでしたら、中庭に出てもおかしくないドレスを選びましょう」

「まあ、そうなの。ええ、嬉しいわ。ありがたくお受けするわ。ドレスはそうね……今日は天気もいいし、こちらの薄い黄色のドレスにしようかしら」

中庭に出てもおかしくないドレスと、普段ユフィが纏っているドレスにほとんど違いはない。どれも十分豪華だと思うが、帝国基準があるらしい。

――どうしよう、陛下と朝からお会いできるなんて！　二日ぶりじゃない？　二日前の夕飯をご一緒した以来だわ。ついでに散策もできるかも。これって逢引《あいびき》よね？

心の中では嬉しさのあまり叫んでいるが、侍女の手前感情を露《あら》わにすることはない。平常心を装い、微笑みを浮かべることに徹している。

寝間着から春らしい色合いの薄黄色のドレスに着替え、鏡台の前に座る。

ハンナがユフィの緩く波打つ銀の髪を丁寧に梳《と》かしながら、感嘆の息を漏らした。

「本当に美しい御髪《おぐし》ですわ。陽《ひ》の光に当たるとキラキラと光って。どんな髪飾りも引き立て役になりますわね」

「そうかしら。ありがとう」

褒められて悪い気はしない。ただ少しお尻のあたりがムズムズする。

「まだ朝ですから陽の光は強くないですが、念のため日傘を用意して参ります」

フローラが一言告げて退室した。その気遣いがありがたい。

――ミレスティアを出て、天候の違いに驚いたのよね。一年の半分が雪で覆われている故郷と違い、帝国は冬でも雪が降らないそうだし。まだ春になったばかりなのに、もう日差しが夏に近づいているわ。

ミレスティアの春は雪解けが始まった頃のことを言うが、帝国の春は随分暖かい。薄手の衣を着てもちょうどいいと思えるほどに。

分厚い生地のドレスが多かったことと比べると、今纏っているドレスは布地が薄くて軽やかだ。動きやすく、そして通気性もいい。

軽く化粧を施され、念のため肩にショールをかけた。

フローラが手に日傘を抱えて、ユフィはルーを連れて中庭に赴く。

庭師により綺麗《きれい》に剪定《せんてい》された草花を眺めながら、目的地に到着した。

中庭で一番綺麗に花が鑑賞できる場所に、テーブルと椅子が用意されていた。すでにデイートハルトが席についている。

「おはよう、ユーフェミア。よく眠れたようだな」

「おはようございます、陛下。はい、ぐっすり眠れましたわ。陛下も昨夜は早く休まれましたか？」

「ああ、いつもより早く休むことにした。あなたに心配されることも嬉しいが、隈《くま》を作るほど政務をするのは効率が悪いと考えを改めた。だから今朝は、健康的に外で朝食をと思ったんだ。急な誘いを受けてくれて感謝する」

「私が陛下と過ごせる時間を楽しんでいるのです。こちらこそお誘い嬉しいですわ」

ディートハルトがユフィの椅子を引いた。そのまま腰を下ろすと、彼も自分の席に戻る。

表面的には社交的な笑みと口調で会話を進めているが、ユフィの心臓は先ほどからドキドキと騒がしい。

――はぁ……溜息《ためいき》が出そうなほど素敵！　私に心配されることも嬉しいだなんて、これは社交辞令じゃないわよね？　全部本心からよね？　朝食をわざわざ庭で一緒にと誘ってくれるのも。もう両想いでは？

心の中で拳を上げる。確実に嫌われていないし避けられてもいない。好意を感じられるのは錯覚ではなさそうだ。

ユフィの視線の先には、先ほど見頃だと思っていた薔薇《ばら》が美しく咲いている。色鮮やかな大輪の薔薇は、朝露に濡《ぬ》れてしっとりとした色香を放っているようだ。

しっとりした色香……どうやったら身につくのだろう。可憐だと褒められることはあっても、妖艶だと言われたことはない。

――色気……ってなにをしたら身につくのかしら。やっぱり、旦那様に愛されるからこそ放出できるものなのでは……。

席に座っていても、ディートハルトとは適切な距離感を保っている。

ハンナが朝の紅茶を淹《い》れてくれるのを眺めながら、朝食が運ばれてくるのを待った。

「部屋の中より、たまに外で食べるのもおいしいだろう。朝の空気も新鮮だ。この日差しなら、あなたの肌にも問題ないか？」

「はい、お気遣いありがとうございます。あまり強い日差しに慣れていないですが、このくらいの天気は気持ちいいですね。夏がどれくらい暑くなるのか想像がつかないですけれど」

「ああ、夏はそうだな……氷菓子が食べたくなるほど暑い。水浴びが気持ちよく感じられる季節だ。ミレスティアでは水浴びまでしたことないだろう？」

「夏というわけではないですが、サウナが一般的ですので、その後に水浴びをする習慣はありますよ。となると、あのサウナのような熱気を感じるかもしれないと……どうやって生き延びようかしら」

「今から準備をしておこう。我が国にも、暑さに弱い人たちはいる」

ディートハルトが目尻を下げて微笑んだ。

その眼差しの柔らかさに、ユフィの胸が甘く疼《うず》く。

――精悍《せいかん》な顔立ちの美丈夫がふと見せる甘い微笑……おいしくないはずがないわ。

この皇帝が本当に先代皇帝を討ったのだろうかと思わせられるが、この穏やかさはユフィの前だけらしい。

彼をよく知る側近たちは、仕事に厳しく飴《あめ》と鞭《むち》を使い分ける人だと言っていた。時に容赦がないほど厳しいとも。

今のところ厳しさを感じたことはない。それだけで、ユフィは自分が特別なのではないかと思ってしまう。

焼きたてのパンと具沢山のスープ、ふわふわのオムレツに瑞々《みずみず》しい生野菜。塩気のきいたベーコンもちょうどいい。出された食事をすべて平らげる。

「口に合ったようでよかった」

「はい、どの料理もいつもおいしいので、つい食べ過ぎてしまいます」

「あなたはもっと食べてもいいくらいだ。まだまだ成長期だろう」

――どちらのことかしら。

身長のことだろうか、それとも胸のことだろうか。

後者だったら殿方としてあるまじき発言だ。ユフィは前者のことだと受け取った。

「さあ、どうでしょうね。私の身長はもう数年前から変わらないので、もしかしたら成長も止まってしまっているのかもしれませんわ」

「そうなのか？　だが、遺伝的には皆長身なのだろう。ならば希望はあると思うぞ」

「……陛下は、背の高い女性がお好みなのですか？」

ついポロッと言葉が出てしまった。

ここでこのようなことを訊くつもりはなかったのに。

だがディートハルトはすぐに「そんなことはない」と答えた。

「あなたは今のままでも十分魅力的だ。ただ、華奢すぎて少し心配になる。消えてしまいそうになる不安があったんだが、すまない。私の勝手な都合だな、忘れてほしい」

魅力的だと思ってくれるなら、どうして未だに触れてこないのだろう。

華奢すぎて不安になるというのが原因なのだろうか。

――食が細いわけでもないし、今だって一人前は平らげているのに。背が高くなっても身体が細ければ、陛下の不安は消えないのでは？

もしくは、彼は自分の体格を気にしているのだろうか。

がっしりした肉体は逞しくて、不思議な安心感がある。ユフィが今のままのディートハルトが好ましいと伝えても、彼は手を出してこないかもしれない。

――私の方は触りたくてたまらないのですけど！

剣を握る大きな手に触れてみたい。骨ばっていてごつごつしているが、きっと触れたら温かい。

実は男性の手が好きなのかもしれないというのを、ディートハルトと顔を合わせるようになってから気づいた。

はしたないと思われたくなくて彼には告げていないが、よく考えれば妻なのだから夫の手に触れるくらい大したことない気がする。

「……まだ成長期かもしれないことに期待しますわ。私ももう少し身長があれば、陛下と釣り合うのではと思っていたのです」

「いや、それを言うのは私の方だろう。あなたに釣り合う男ではないが、鍛えすぎた肉体はどうすることもできない」

「陛下はなにもなさる必要はございませんわ。その大きな手も鍛え上げられた身体も、民を守るものでしょう。とても素敵だと思います」

いいから早く触れさせてほしい。

いや、違った。早く触れてきてほしい。

――どっちも私の本音だけれど！　多分これが欲求不満というやつだわ。こうして会話をするのも楽しいのに、表面的なことだけではなくてもっと本心で語り合って、深く知りたいと思うのに。

　食後、中庭の散策をすることになった。

　ディートハルトがユフィに腕を出してエスコートをする。

　服の上から彼の腕にちょこんと手を置いてゆっくり歩くが、この距離での触れ合いが今のユフィには精いっぱいだった。

　――早く距離が縮まらないかしら……。

　もどかしくてじれったい。

　でも、このような経験もあとで振り返ってみたら微笑ましくなるのだろう。

　今は少しでも互いのことを知るべき期間なのだ。たとえ肉体的な会話がなくたって、こうして言葉を交わし、少しずつ歩み寄ることも大事なことだ。

「ユーフェミア、好きな花はどれだ?」

「花は全部好きですわ。ミレスティアには寒さに強い草花しか生息していないので、この中庭に咲く花々を見るのもはじめてです。とても鮮やかで生命力を感じさせます」

「そうか、確かに庭師が丹精込めて手入れをしている花はどれも美しいな」

　低く響くディートハルトの声がユフィの鼓膜を震わせる。

　その落ち着いていて安らぎを与える声で、おやすみ、と囁かれたら。とてもいい夢が見られそうなものだ。

包み込まれているような安心感は隣を歩いていても伝わってくるし、なにがあっても彼が守ってくれそうだ。……実際宮殿で命の危機に見舞われることなど滅多にないはずだが。

――手を繋ぎたい。するって、さりげなく手を繋いでみたらダメかしら？　だって腕だと体温に触れられないじゃない！　もっと意識してほしいのに。

さりげなさを装って触れてみようか。だがそのさりげなさというのをどうやって演出したらいいのだろう。

悶々《もんもん》と考えている間、足元が疎《おろそ》かになっていたらしい。

ユフィは小石に躓《つまず》き、腕に乗せていた手がスルッと離れた。

「あっ」

「っ！」

ユフィが倒れそうになる瞬間、隣から逞しい腕が腹部にまわる。

そのまま彼女の体重を腕一本で支え、ひょいっと立たせてくれた。

「大丈夫か？」

彼の逞しさに感心し、腹部を抱きしめられたという羞恥心がじわじわとユフィに襲い掛かった。

こくりと頷き、「ありがとうございました」と礼を言う。

そして思い切って、ユフィはディートハルトの手に触れた。

「エスコートなら、こちらの方が安心ですわ」

小さな手がディートハルトの手に触れた。

簡単に振りほどかれないように、しっかり握りしめる。

その瞬間彼の身体が僅かに強張《こわば》った気がしたが、気のせいかと思うほど些細《ささい》なものだった。驚いたのだとしても、ユフィから解くつもりはない。

「……そうだな。気が利かなくてすまない。今度からは手を繋ごう」

「っ！　はい、嬉しいですわ」

弾みそうになる声を意識的に抑えて、ディートハルトに微笑んだ。今度は彼の耳が僅かに赤い気がする。これは気のせいだと思いたくない。

――日差しのせい……じゃないかもしれないわ。もしかしたら照れているのかしら。

少しでも自分のことを意識してくれていたら嬉しい。

だが、ようやく手を繋ぐところまで進展できたことに喜ぶべきか、遅すぎると嘆くべきか。悩ましいところだ。

――でも、振りほどかれなかったもの。触れられても嫌じゃないってことよね？　さすがにあからさまな態度を取られたら、私も傷つくけれど。

少しだけ距離が縮まったことをよしとしよう。

こうして朝の短い散策は終わった。

自室に戻ったユフィはルーを連れて衣装部屋に籠る。少し休みたいと告げたため、室内に侍女はいない。

衣装部屋の奥にはユフィがミレスティアから持参してきた私物が収納されていた。書物が入った箱の中から、鍵がかかった天鵞絨張りの箱を取り出す。

「……使わないまま使用期限が切れないといいんだけど」

カチカチとダイヤルを回す。箱の中には姉王女から餞別のように渡された、閨《ねや》で使える媚薬、香油などの小瓶がぎっしり詰まっていた。

それぞれ色が付けられているため、間違えることはない。使用方法もきちんと紙で記されたものが折りたたまれて入っている。

「はあ、ちゃんと出番があるかしら。一本くらい隠し持っておきたいけど、見つかったときに毒物じゃないかと疑われたら嫌よね……」

ユフィの存在に好意的な人間と、そうでもない人間に分かれている。自国の有力貴族から妃を娶るべきだったと主張する大臣たちもいたそうだが、皇帝が一蹴したそうだ。

後宮を閉鎖し、妃はユフィだけとなれば反発が生まれるのも致し方ない。

――私が妃として認められるのは世継ぎを産んでからになりそうね。

契りを交わしていないことは、寝室を分けていることから明らかだ。

ディートハルトは時間をかけてユフィとの関係を進めたいと言ったそうだが、その隙にユフィを排除したいと目論《もくろ》む者もいるかもしれない。

雪の妖精は可憐で美しいと好意的に捉えてくれる者ばかりではないのだ。氷のように冷たく、人間味が感じられない。気味が悪いといった話も耳敏《みみざと》く拾っていた。

「まあ、私にはルーという味方がいるから怖くないけど」

腕の隙間に首を突っ込んできたルーと視線が合う。ルーも親や兄弟と別れて、ユフィについてきてくれたのだ。……血の繋がりがあるのかは、正直わからないところだが。

小瓶が割れていないことを確認すると、手早く元通り鍵をかけた。元の場所に戻して、ついでに読みかけの書物を一冊手に取る。

綺麗に鞣《なめ》された革表紙だ。見た目は普通の書物に見えるが、中は姉王女たちが記した男女のあれやこれやについて。

異性と心を通わせてから契りを交わすまでの展開が早いのだが、殿方が夢中になるような魅力的な女性についても事細かに記されていた。

「でもこれって、ミレスティアの男性が攻略対象なのよねぇ。求愛ダンスはさすがにないけれども。でも世界共通のものもあるわよね……相手と視線を三秒合わせて、優しく微笑みかけるだけで好意的に思われる、っていうのも実践しているんだけど」

いまいち効いているのかがわからない。

少し小首を傾《かし》げる仕草や、上目遣いでじっと意中の男性に熱視線を送るというのは地道な作業だ。少しずつ好感度が上がっていっているのだろうか。

「どう思う？　ルー」

「……ワン」

少しずつ頑張れ、と応援された。自分と同じアイスブルーの眼差しが力強くて頼もしい。

「あとは、色っぽいネグリジェも下着もたくさん用意したんだけど……いつ着るべきなのかがわからないわ。陛下と同じ寝室に移動してからかしら？　本当に同じ寝室で眠れる日が来るのかしら！」

胸元で調整できるため、多少成長したとしてもしばらくは使用できるはずだ。下半身につける下着も同じく、横を紐《ひも》で結べるようになっている。そして後ろがまた、扇情的な造りになっていた。

「体型が変わらないよう、現状維持しましょう。食事がおいしすぎてつい食べ過ぎちゃうけど、その分運動もしなくちゃ」

室内でできる軽い体操をしながら、ユフィは逞しく今日も素敵な旦那様との接近方法について考えを巡らせていたのだった。

第二章

話は少し遡る。

婚姻式を挙げてから十日後。ベルンシュタイン帝国皇帝、ディートハルトは悩んでいた。

無意識に重い溜息を吐くこと三十一回。執務室の空気はいつも重苦しい。

「……陛下、少し休憩されますか」

側近のエヴァンがさりげなく窓を開けて、澱《よど》んだ空気を入れ替えようとする。

彼の提案にディートハルトは頷いた。

「そうだな、では少しだけ」

「はい、今お茶をお淹れします」

あからさまにほっとしたように、エヴァンが表情を和らげて茶の準備をしている。

その姿を横目で捉えた後、ディートハルトは窓の外に視線を向けた。

――今朝のユーフェミアも愛らしかった。小さな口に甘い菓子を食べさせてあげたい。

……ディートハルトは恋の病を患っていた。

気を抜くと、結婚したばかりの新妻のことを考えている。

雪の妖精との異名を持つミレスティア国の王女は、噂に違わない妖精姫だった。

雪原のように美しく煌《きら》めく銀色の髪に、白く滑らかな肌。紅を塗らなくとも赤く色づく口唇は、彼女の肌の白さと相対してより赤く見えるのだろう。

氷を閉じ込めたようなアイスブルーの瞳は見つめているだけで吸い込まれてしまいそう。その瞳の奥に確かに宿る熱が、自分に向けられているのではないかと期待する。

華奢で神秘的な美女は、雪のように溶けて儚くなってしまいそうだ。武骨な手で少し触れただけで怪我《けが》でもしないかと心配になる。

傷つけたくない。それに触れ合うことよりもっと言葉を交わし、気持ちを通わせることが大事だ。

ディートハルトは初夜を後回しにし、ユフィに怖がられないよう徐々に彼女との距離を縮めることにした。

結果、少し会っただけで禁断症状のように気持ちが溢れて恋しさが募ってしまう。

今では白磁のティーカップが出されるだけで、ユフィを思い出せるようになっていた。

「私のユーフェミアは、このカップのような美しい肌をしている」

「……今後白磁のカップはお出ししないようにしますね」

エヴァンは、ついに頭が沸いてきたな、という本音を隠して咳払《せきばら》いをした。

「そんなにユーフェミア妃殿下が愛《いと》おしいのなら、今夜からでも同じ寝室になさいますか？　手を打っておきましょう」

「っ！　待て、待て待て！　そんなことをしたらユーフェミアが怖がるだろう！」

「はて、怖がっていますかね。皇妃付きの侍女によると、陛下との逢瀬《おうせ》をそれはそれは楽しみにしているそうですよ。もっと会いに来てほしいと思っているのを我慢しているのだとか。寂しい想いをさせているのではありませんか」

「……だからと言って、いきなり部屋を一緒にしたら、緊張させるに決まっている」

「陛下、もう十日も経過するのですよ？　お二人がまだ契りを交わしていないことくらい、皆知っていることです。本当の意味で夫婦になるには避けて通れないことでしょう。それに、ミレスティアの王女を妃に望んだのは、子宝に恵まれるからという理由もあったことをお忘れですか」

「忘れてない。だが、ユーフェミアはまだ十八だ。あんなに華奢で小柄で……壊したらどうする！」

「本音はそれですね……」

　ディートハルトの目下の悩みの種は、ユフィに触れたくても触れられないところだ。

　一度触れてしまったら理性が消えるだろう。箍《たが》が外れたように欲望が駄々《だだ》洩れになる。

そうすれば危険なのはユフィだ。

――ユーフェミアがミレスティア女王のように長身で、もっと体格がよければ違ったんだが……。

小柄で華奢なユフィと、鍛え上げられた肉体のディートハルトとでは、体格差がありすぎる。

そしてその体格と見合うように、彼の男根も立派で……つまるところ、巨根が理由でユフィと初夜を迎えられないのだ。

「でも、さすがの陛下も、逢瀬のときは少しくらいユーフェミア殿下と夫婦とまではいかなくても、恋人らしいことをなさっているのでしょう？」

「恋人らしいことというのはどんなことを言っている」

「それはもちろん、肩を抱き寄せたりキスをしたり……って、待ってください陛下。すごく怖い想像をしてしまったのですが」

「なんだ」

ディートハルトの声が低く響いた。

若干の緊張を滲《にじ》ませたまま、エヴァンがディートハルトの様子を窺う。

「まさか婚姻式以来、キスもしていないなんてことはないですよね……？」

「……」

黙秘を使う理由は、大体が肯定ということだ。

エヴァンが頭を抱え始めた。

「陛下……！　それは、ユーフェミア殿下も不安になられますよ」

「キスはまだだが、それも時間の問題だ」

「していないんじゃないですか！　そりゃそうですよね、壊したら怖いだなんて思っておられるのですから」

「グ……」

喉奥で呻《うめ》く。

確かにユフィをエスコートするのが精いっぱいだ。

布越しなら彼女の体温も感じられないだろうと安心していたのだが、甘かった。

布越しでも彼女に触れられる感触や重みが伝わってきて、もっと触れたい衝動に駆られてしまう。

愛をこじらせた男は気配だけでいろいろと敏感になってしまうようだ。……そう、いろいろと。

「仕方ないだろう。私は彼女を傷つけたくはない。手を繋ぐにしても、あの華奢な手を緊張のあまり力いっぱい握りしめてしまったらどうする。初夜だってそうだ。お前くらいの細身な男だったら問題はないのだろうが、私と彼女では押しつぶしてしまうかもしれない」

「……では上に乗せたら」

「口を慎め」

エヴァンにかぶせるように、ディートハルトが厳しく遮った。

「冗談ですよ。そういうことではないですものね。もっと根本的な問題ということくらいわかっております。ユーフェミア殿下が小柄なので、負担が大きいことも」

――何故身体を鍛えすぎてしまったのだろう。

ディートハルトはそっと溜息を吐いた。身体を鍛えたから彼の大事なところまで鍛え上げられたのかは謎だが。

人と比べる機会など滅多にないため、そもそも巨根だと思ったことはなかった。しかし他人と比べてみてはじめて、なにかが違うと思ったのだ。あのときの衝撃は未だに忘れられない。

ディートハルトが先代皇帝を討つまで、彼は皇太子の立場でありながら軍部に在籍していた。

野営や遠征も他の兵士と共に行き、男だらけの裸の付き合いをして、部下からの指摘を受けてはじめて自分の持ち物が立派らしいということに気づいた。

しかし、平均より大きいというのは問題がある。女性に負担がかかってしまう。

真面目なディートハルトは年頃になっても一切女性に触れようとしなかった。性交の知識は得ているが、実践は皆無。娼館《しょうかん》通いなどもってのほか。美しい女性を見ても邪《よこしま》な想いは抱かないし、義務でダンスはしたがそれ以上の触れ合いも避けてきた。

好色だった先代皇帝を見てきた反動だったのかもしれない。周囲からもディートハルトは硬派で潔癖だと思われていたのだ。

彼は心に決めた女性以外に触れるつもりがまったくなかった。

「ミレスティア王家の血筋的に大きく成長するだろうと思っていたが、どうやら違ったようだ。だがユーフェミアは昔と変わらず愛らしい。大きくならなくてもいい。きっとその代わりに私が大きく成長したのだろう」

「もしもし、陛下。思考が迷走していますよ。ユーフェミア殿下と釣り合わせるなら、陛下が小さくならなくては」

「そうだった、何故私だけ大きくなってしまったんだ……強くあらねばと鍛えすぎたのがいけないのか」

「まあ、それが陛下の目標でしたしねぇ……」

悪政を敷いた先代皇帝を退けるためには、多少乱暴な手を使う必要があった。

野心家だった父帝は領土拡大に執着し、民の暮らしを顧みず税率を上げて私欲を満たしてきた。腐敗した政治は膿《うみ》だらけで、年々民の暮らしは貧しさが増していくばかり。

幾度となく苦言を呈すディートハルトを疎ましく思ったのか、政《まつりごと》と関わらせないように軍部に送り領土侵略の任務に就かせた。皇太子として功績を残せ、ともっともらしいことを言って。

幸運にもディートハルトには元々剣の筋があり、実践的な剣術を扱いながらすぐに頭角を現した。奇襲をかけられても簡単には倒せないほど己を鍛え上げてきたのだ。

表向きは領土侵略をしつつも秘密裏に各国と協定を結び、一定期間のみ帝国側につくように協力を仰いだ。無駄な血を流さないように尽力し、約束の期限内に帝国内で内乱を起こした。指揮を執ったのはもちろんディートハルトだ。

膿を出しつくすために、横領や禁じられた薬物に人身売買といった十分な罪状のある大臣もろとも粛清した。

そして我が子に裏切られた先代皇帝は許しを請うことなく、最後に暴言を吐いた。

やはりお前はもっと早くに殺しておくべきだった、と。

ディートハルトは親子の情など一切感じたことがない。扱いにくい駒としか思われていなかったことを再確認した後、血で濡れた王の間で剣を一振りし、穢《けが》れた首を落とした。

その後、皇帝を討った英雄として讃《たた》えられながら国の安定に奔走し、協定通りに領土の返還と新たな政治の基盤を作ることに心血を注ぎ続けて三年。ようやく平和が訪れたことで、妃を娶る準備ができたのだ。

十年以上も走り続けて、やっと血生臭い戦場とは無縁な日常が訪れた。即位後からしばらくは気が抜けなかったが、今ではこうして恋の病に頭を悩ませられるくらい平穏な日々が続いている。

ディートハルトがミレスティアでユフィと出会ったときは、線が細くて無力な少年だった。今では昔の面影が感じられないほど様変わりしてしまったのも仕方ない。

「ユーフェミア殿下は陛下と昔お会いしたことがあるのも、忘れられておりますか？」

「そのようだな。まだ五つだったんだ、無理もない」

先代皇帝が妖精姫をひとり連れて帰れという命令を下して息子をミレスティアに送り込んだのだが、ディートハルトはその命令を無視した。一般的な遊学と同じように過ごして、まだ幼いユフィと出会ったのだ。

怯《おび》える様子もなく近づいてくる少女が、とても可愛かった。色素の薄い国では、黒髪をしたディートハルトは異端だったはずだ。

当時十五歳の彼はさほど日焼けをしておらず、比較的肌も白かったがミレスティアの国民はもっと白い。

恐れもなく遊んでほしいとねだってくる少女に安らぎを覚えて、この少女と王国は絶対に帝国から死守することを誓った。

悩みを抱えた思春期の少年は暗い顔をすることも多かったが、それを笑顔に変えたのはユフィだ。

彼女は相手の都合などお構いなしに抱っこや絵本の読み聞かせをねだり、おままごとでは何故か母親役をさせられた。

優しい記憶の中の少女を思い出すだけで、ディートハルトは救われた気がした。

現実に戻って帝国に帰ると告げたとき、ユフィは自分と結婚してここにずっといたらいいと、男前な発言をしたのだ。

それがどれほど嬉しかったことか、きっとユフィは知らない。

――本質的な性格は変わっていないと思うんだが。彼女はまだ、私に対してよそよそしい。

「早く本音で語り合える関係になりたい」

「それもですが、早く同じ寝台に入れる関係にもならなければ」

エヴァンの鋭い指摘を受けて、ディートハルトは眉間の筋肉を指で揉《も》み解《ほぐ》す。

結局の問題はそこなのだ。

「一度手を出したら絶対暴走してしまう自信がある。ユーフェミアにいざというときの麻酔銃でも渡すべきか」

「いやいや落ち着いてください。あなたは暴走した熊ではないんですから。でも、そんなに悩まれるのでしたら、なにか陛下の欲望を分散させる方法を考えたらいいのではないですか？」

「そうです。ユーフェミア殿下への重いこじらせ愛を、他のものにも向けるのですよ。たとえば、陛下の願望を具現化させたら満足するのではないでしょうか」

「願望を具現化させる……」

「そうですね、愛しい妻への愛らしいドレスやネグリジェなどならいくらあっても困らないでしょうし」

そうエヴァンが提案したが、己の想像力を豊かに働かせていたディートハルトは聞いていなかった。

欲望の分散。願望の具現化。その二つが、彼の脳内を占めている。

「なるほど、いい案だ」

「そうですか？　よかったです」

「私の寝室の隣は空き部屋だったな。いや、衣装部屋を動かすか。あそこを使おう」

「？　はあ、そうですか」

エヴァンにはよくわからないが、ディートハルトはなにか閃《ひらめ》いたらしい。

少しでも新婚夫婦の関係が進展すればいいと願って、エヴァンはディートハルトの独り言には口を挟まず己の職務を全うするのであった。

そんな会話をしてから二週間後。

ディートハルトは寝室の隣に秘密の部屋を作ってしまった。

元々衣装部屋だったのだが、ディートハルトの衣装を収納するには広すぎてほとんど空き部屋同然になっていた。そこを密《ひそ》かに改築し、自ら壁紙もカーテンも新しいものに貼り替えた。

簡素だった部屋は、レースやフリルをふんだんに使い年頃の少女が好みそうな……少し夢見がちな部屋へと変貌した。

毛足の長いカーペットはふかふかで、たとえユフィが転倒しても膝に痣《あざ》ができないだろう。怪我をしないよう安全にも配慮された部屋は、いつか子供部屋として使用してもいいかもしれない。

だが異質なのは、人が入れる大きさの……鳥かごだった。

「……陛下、これ、どう見ても鳥かごにしか見えないのですが」

「そうだろう。特別に職人に作らせたんだ。分解して部屋の中で組み立ててみたのだが、なかなかよくできたと思う」

「それは腕のいい職人なんですね……それより、なんと言って注文したのかが気になるところですが。部屋の中に人が入れる鳥かごって、不吉な予感しかしないのですけど」

「不吉？　なにを言う。お前が欲望を具現化やら、分散やらを提案してきたのだろう。ユーフェミア本人にすべての情を向けるより、他にも対象があった方がいいということじゃないのか」

「まあ、そういうことだったんですが。予想の斜め上を持ってこられて驚いてますよ。陛下の欲望がまさか鳥かごを作ることなど、凡庸な私には想像もできないですし。そもそも私は、ユーフェミア殿下に着用してもらいたいドレスなどを陛下自ら選んだらいいという話をしていたと思うのですが」

一体どうしてこうなったのだろう。

エヴァンの表情が呆れを通り越して無になっている。

そんな側近の様子に気づいているのかいないのか。ディートハルトはうっとりとした表情で鳥かごの表面に触れた。

「ちゃんと見ろ、とても素敵なものができたと思わないか。この見事な曲線美は女性らしく美しい。黄銅に輝く真鍮《しんちゅう》で作られている。これだけでも芸術品として素晴らしい。あまり圧迫感を感じさせず、あくまで芸術品として鑑賞もできるよう美しさに拘《こだわ》り、細い格子にした。幅はそうだな、私の肘まで入る程度か」

頑丈な造りになっているが、ディートハルトが鳥かごに触れたらうっかり折ってしまいそうだ。

己の想像力と拙い画力で納得のいく出来栄えのものが完成したのだから、喜びもひとしおだ。休憩時間を使って自ら工房に出向いた甲斐《かい》があった。……注文を受けた工房はさぞや慄《おのの》いただろうが。

「そして中には大きな丸い寝台を用意した。これも特別仕様だ。マットレスを丸く作り、ふかふかに仕上げている。寝心地の良さ、可愛いらしいクッションも、どうだ。居心地がよさそうだと思わないか」

「そう、ですね……」

ディートハルトの力説を聞きながら、エヴァンの顔色が青ざめていく。

彼は冷や汗を浮かべて、恐る恐る尋ねた。

「……それで、これはどのような目的で作られたのでしょうか。私には監禁目的としか思えないのですが……」

「なに、監禁だと？　なにをどう見たらそう思うんだ」

「むしろどうしてそう思われないのかが謎ですよ」

鳥かごの入り口には、鍵がかけられるようになっている。

エヴァンが鍵を指差したことで、ディートハルトは頷いた。

「ああ、誰にも触らせないように鍵を付けた。ないよりはあった方がいいかと思ってな。なにせこの鳥かごは神聖な場所になる」

「やはり、ユーフェミア殿下を閉じ込めるために……？」

「そんなわけないだろう！　私をそのような目で見ていたのか？　そんな非人道的な行為はしない。人権無視などは絶対に」

「そうですか、それを聞いて安心しました」

口ではそう言いつつ、疑いの眼差しが消えていない。

ディートハルトは微妙な気持ちになった。

エヴァンには否定したが、この鳥かごをユフィ目的で作ったことは間違いではない。ユフィのことを考えて、思い切って作ってしまったのだから。

鳥かご……のみならず、この部屋が彼女にとって居心地が良い空間にしたい。そして鳥かごは、檻《おり》で守られている安全地帯なのだ。

侍女や宮殿内の者からの視線も気にせず、ひとりになりたいときにのんびり使える癒しの場にできたらと。

——監禁はしない。だが、鳥かごの中で昼寝をするユーフェミアは、さぞや可愛いだろう……。

トクン、とディートハルトの胸が高鳴った。

夫である自分ですら触れることが叶わない場所に閉じこもり、のんびり羽を休める姿はいつまでも眺められそうだ。触れられなくても構わないから、ずっとその姿を見ていたい。

そんな胸の高鳴りに気づいてハッとする。

これ以上妄想を繰り広げてしまうのは危険だと思い、頭を左右に振って思考を打ち消した。

「つまりこの部屋は、彼女のためでもあり私の欲望の部屋でもある。鳥かご以外にも、ここには全部可愛いもので埋め尽くすつもりだ。もちろんユーフェミアが好みそうなもので。まあ、まだ始めたばかりだから鳥かごとぬいぐるみくらいしかないが、等身大の大きな熊のぬいぐるみを置いてもいいかもしれない。いや、ユーフェミアは犬の方が好きなのか？」

「ええ……」

エヴァンの返事が同意なのか、引いているのかの判断がつかなかったが、ディートハルトは無視することにした。彼の意見は求めていない。

――部屋作りをするというのははじめての体験だが、なかなか楽しいな。愛する妻が喜ぶ顔を浮かべるだけで、あれもこれもと揃《そろ》えたくなる。

残念ながらミレスティアの品までは手配できていないが、いつか故郷から彼女が好きだったものを持ってきて、この部屋に飾るのもいいだろう。

小さかったユフィは、モフモフした手触りのものが好きだった。柔らかな毛布、ふかふかのぬいぐるみ、そしてモフモフなルスカ。

――ルスカも望むなら、この鳥かごに入ってもいいな。

愛する妻と真っ白な神獣が横たわる姿は美しいに違いない。絵師に描かせたいほどに。

だがルーがいるのなら、等身大の犬のぬいぐるみはいらない気がした。

今ほしいものは長椅子だ。高価で貴重なものではなく、座り心地がよくて部屋の中に馴《な》染《じ》むもの。せっかく選んだ壁紙やカーテンが台無しにならないものがいい。

――しかし、これではまるで鳥の求愛みたいだな。巣作りか？

居心地のいい巣作りは鳥の習性だったはず。

きっと鳥もディートハルトも考えることは同じだ。意中の相手に喜んでもらいたい。

瞬《まばた》きもせず鳥かごを見つめていると、本当にユフィが横たわっている姿が見えてきそうだ。薄いネグリジェを纏い、ふるりと肩を震わせて柔らかな毛布に蹲《うずくま》る姿が……。

「絶対可愛い……」

「目が乾いてしまうので瞬きはしてください。正直怖いです」

勇気あるエヴァンが本音を零した。己の主の頭が少々やられてしまっていると思ったのだろう。

「……仕事量をもう少しどうにかならないか調整してみますので。幻覚なんか見るより、本物の妃殿下に触れられるように頑張ってください」

「本物のユーフェミア……そうだな、せめて私から手が握られるようにはならないと」

「先が思いやられる……」

嘆くエヴァンを連れて秘密の小部屋を去った。

――そうだ。鳥かごの鍵は、誰にも触れられないようにしなければな……。見つからない場所に隠すか？　それとも肌身離さず持ち歩くか。

服の下に隠せるように、鍵には鎖をつけて首からかけられるようにしたらいい。

ポケットの中に入った鍵の存在を服の上から確かめて、ディートハルトは執務室へ戻ったのだった。

◇◇◇

新緑の葉が気持ちよさそうに、さわさわと風に揺れている。

ユフィは書庫からぼんやりと窓の外を見つめていた。

空が青い。緑も青々としている。

気持ちのいい晴天だ。季節は移ろいゆき、少しずつ気温も高くなっている。

「こんなに気持ちのいい日は、外で日向《ひなた》ぼっこでもしたいわね。でもすぐ日に焼けて肌が赤くなっちゃうから無理かしら」

「ワフン」

ユフィの隣で行儀よく座っているルーが、同意するように一吠《ぼ》えした。

調べものがあると言って、ユフィは書庫にひとりきりでたくさんの書物を抱えていた。その内容は様々で、主に帝国の歴史や文化について。その他、食文化にも目を通している。

「やっぱりミレスティアで入手できる情報には限りがあるものね。あ、見てルー。昨日出てきた揚げ菓子だわ！　これすごくおいしかったのよね、お母様たちにも作り方教えてあげたい」

この国に嫁いできて一ヶ月と少し。大分帝国での暮らしも慣れたが、まだユフィは宮殿外に出たことがない。その代わり、皇妃の教育係は二日に一度やってくる。今日は一日自由な日だった。

大陸共通語を話しているため、言語に問題がないことはよかったが。まだまだ知らないことが多い。

ミレスティアと違い、女性は男性に付き従うことを求められている。少しずつその風潮にも変化は出てきているそうだが、女性が強く意見をことはあまりないそうだ。

――なんともお母様やお姉様たちが聞いたら激怒しそうよねぇ。女は男の三歩後ろをついてくればいいなんて。それで平気で外で浮気もするようだったら、即効離縁になってていてもいいのに。

女性の立場が弱いのだ。ミレスティア以外のほとんどの国が、男女平等とは程遠い。

夫に従うより、妻の尻に敷かれている夫婦の方が良好な関係が築けるように思えるのだが。それはユフィがまだミレスティアの夫婦しか知らないからかもしれない。

「だから私も、我がままを言わずに笑顔で「はい」って従っているんだけども。まあ、陛下は私に対してお優しいから、まったく異論を言うつもりがないのよね。私の意思を尊重してくださるし」

横暴でも傲慢でもなく、ディートハルトは常にユフィを気遣ってくれる。食事やお茶会のときもユフィの装いを褒めてくれるし、先日手を握ってからは何度も手を繋いでくれるようになった。

優しい眼差しと重低音の声がたまらなく好きだと思う。

厳しくて怖い人だったらここまで早く心を許せていなかっただろう。初対面のときに、素敵な人だと思えた直感が正しかったのだ。

嫌なところが見つからない相手に恋に落ちるのは、そう難しくはない。相手のいいところにひとつずつ気づくだけで、胸の奥がキュンと高鳴るのだ。

政略結婚で嫁いできたのだとしても、相手に一目惚れをして、好印象だったところから夫婦生活を始められるなんて幸運だろう。

……とはいえ、まだ本当の夫婦ではないのだが。

——もしかして、浮気されている？　でも後宮を閉鎖しているのだし、私以外に妻を娶るつもりはないと言っていたけど……まさか他に好きな女性がいらっしゃるとか？

他所の国では裕福な男性が愛人という女性を囲うことがあると聞いた気がする。

財力のある男性なら、愛人に別宅を与えて正妻がいる本宅には滅多に寄り付かないのだそうだ。なんともミレスティアの女性が聞いたら夫に決闘を挑んできそうな話である。

――後宮はなくても宮殿の外で愛人女性を抱いているから、私に興味がないとか？　私に色気がないから夜を一緒に過ごさないということ？

ユフィに衝撃が走った。

気づかなければいい可能性に気づいてしまったかもしれない。

なにせ、ディートハルトの行動をほとんど知らないのだ。彼とは事前に決められた時間内でしか会えないし、夫婦であっても顔を合わせない日があるのも普通らしいが、ユフィには理解できない。

ユフィの両親はすこぶる仲が良い。日中に何度も顔を合わせていたし、寝室だって一緒だ。そこまで時間を共有していたら、相手の浮気や挙動不審も見抜けるだろう。

しかしユフィはディートハルトの浮気や挙動不審な行動を見抜ける自信がまったくない。まだまだ相手のことを知ろうとしている段階なのだから無理もないが。

「ルー、どうしよう！　もしかして陛下に愛人や、他に好きな女性がいるのかもしれないわ」

昼寝をしているルーの頭に触れる。鼻がピスピス動いているのが可愛いが、ユフィの嘆きを聞いて薄っすら片目を開けた。

自分と同じ目の色をした獣は、クワッと口を開けてあくびをする。

「ワフ……フゥン」

「悩んでいても仕方ないって？　なによ、冷たいじゃない。じゃあ陛下に直接確認したらいいの？　私に手を出さないのは、他の女性で性欲を解消しているからですか、って？」

「……グゥ、ワン」

「直接的すぎるって、難しいわね……」

赤子の頃から一緒に育っているため、ユフィはルーの言葉を理解できる。人と同じ寿命を持つ獣という時点で一般的な動物とは異なるのだが。人語を話さない以外は、ルーは非常に理知的な獣だった。

「ワフワフッ」

「なるほど、先に調査をしてみるというわけね……陛下に女性の陰がないか。尾行してみようかしら」

ルーの顔が、ええー？　と訴えていた。

尾行などしたことのない素人が、軍人でもあるディートハルトを出し抜けるはずがない。

だがユフィは妙なやる気を出してしまっている。

「あ、そうだわ。陛下から私以外の香水が漂って来たら教えてね。香りが移るほど接近することがあるなんて、怪しいもの」

「グルゥ……」

「気づいたらでいいから！」

ルーが面倒くさそうに顔を歪《ゆが》めた。

積極的に協力してほしいとまでは言わず、可能な範囲でとお願いしたら渋々引き受けてくれたのだが。

――この様子だとルーを使って尾行させるのはできないわね……まあ、すぐにバレちゃうか。

自分の装いを見下ろす。華美な装飾がないとはいえ、普段着用のドレスも目立つ。侍女のお仕着せを借りられたらいいだろうが、そもそもユフィの外見が諜報《ちょうほう》向けではなかった。どこにいても目立ってしまう色素の薄さは隠しきれない。

「ううん、ダメ元でいいから一度、陛下の後をつけてみようかしら。なにか忘れ物や落とし物を見つけたとでも言って。次にお会いしたとき、偶然を装って小物をくすねちゃうとかどうかしら」

「……フゥ」

実に人間臭い仕草で、ルーが溜息を吐いた。

もうなにを言っても止められないだろうと諦めているらしい。

うし……。

――カフス……は難しそうね。ペンとか？　でも食事中に書きものなんてされないだろ

自分の世界に入り込んでいると、ルーがユフィの腕に鼻を押し付けた。

「なに、ルー？」

窓の外を見ろと言わんばかりに、ルーは鼻先を窓に向けた。そこには近衛兵《このえへい》と別れたばかりのディートハルトがひとりで歩いている。

「なんて都合がいいの！　急いで追いかけるわよ」

広げていた書物をテーブルの上にまとめて置く。ここにはまた後で戻るのだと、見張りの者に伝えておこう。

お花を摘みに、と言ってユフィは書庫から抜け出すことに成功した。

先ほど見かけたディートハルトを追いかけるのは難しい。先回りをしたいところだが、彼がどこに向かっているのかがわからない。

「もしかして私、先にエヴァン様を買収するべきなんじゃないかしら」

情報源として。

ルーがきょろきょろと周囲を窺っている。聞き耳を立てていた人間がいないか確認してくれるところが、なんとも頼もしい親友だ。

ディートハルトの行先に心当たりはないが、執務室に戻るのなら場所はわかる。

だがもしかしたら、汗を流しに一度私室へ戻るのかもしれない。先ほどまで一緒にいたのは近衛兵だったのだから。

――もしかしたら一緒に訓練に参加されていたとか。今でも時折剣の腕がなまらないように鍛えていると仰《おっしゃ》っていたし！

それならディートハルトの行先は執務室ではなく、私室の方だ。そちらなら堂々とした振る舞いで歩いていれば問題ない……はず。

――なにか声をかけられたら、陛下に呼ばれていると言ってみようかしら。付き人の侍女がいないことに不審に思われたら嫌だけど。

もしくは道に迷ったと言えばいい。

言い訳を思い浮かべながら、ユフィはルーを連れてディートハルトの私室付近にまで到着した。

皇帝が住まう居住区は、カーペットの色が変わる。ユフィは毛足の長い真紅色のカーペットの上をはじめて歩く。

ドキドキした気持ちを抑えながらそっと通路の角を曲がると、ディートハルトの背中が見えた。彼は思った通り、私室に戻ることにしたらしい。

――当たったわ！　ルー！

思わずルーの頭をモフモフする。若干迷惑そうにしつつも、ルーは騒がない。

「さあ、行くわよ」

小声でルーに伝えて、ユフィはディートハルトが消えた部屋に耳を当てた。施錠された音は聞こえなかった。

彼はユフィが勝手な行動をしたことを怒るだろうか。

もし怒られたらきちんと謝罪しよう。

ユフィは昔からやんちゃ娘だったため、怒られることには慣れている。嫌われることは少し怖いが。

ゆっくり扉を開いた。やはり施錠はされていなかった。

まずルーを先に部屋に入らせて、ユフィもそっと中に入った。音を立てないように気を付けながら、扉を閉める。

中はディートハルトの私室で問題ないようだ。広々とした空間はユフィの少女らしい部屋の調度品と違い、ダークブラウンでまとめられたものが多く全体的に重厚感が漂っている。中央に応接間があり、執務机もあるようだ。

――どこかしらね？

ルーに視線を合わせると、ルーは右隣に鼻先を向けた。

隣接している扉を見つける。あの先にディートハルトがいるらしい。

――ここまで来てしまって怖気《おじけ》づくのもおかしいけど、本当にあの扉を開けてしまっていいのかしら……。

早速ルーが扉の横についていた。ユフィの躊躇《ためら》いを見抜いているようだ。

ドキドキと緊張する心臓を宥《なだ》めながら、ユフィはそっと隣室に続く扉を開く。

――ここが寝室だわ。

まず大きな寝台が目に入る。ユフィが使っているものよりさらに大きい。大柄なディートハルトが眠るのだから、通常より大きいのは当然だが。

ここにもディートハルトの姿は見えない。だが、姿が見えなくても、ユフィは謎の高揚感に包まれていた。

――すごい、陛下の匂いだわ！

隣を歩くときに微《かす》かに漂ってくる彼の香りが、この寝室からも香ってきた。彼がつける香水の匂いか、それとも部屋で焚《た》いている香なのかもしれない。

大きな寝台を見ると飛び込みたくなるが、うずうずする好奇心に蓋をする。今は先にディートハルトを見つけたい。

――あれ？　私、陛下を見つけたいんだったっけ？

尾行をしたいと思っていた。なにか隠し事があれば、それを知りたいのだと。特に女性関係でユフィが知らないことを把握したかったはずだ。

となると、ディートハルトに見つかるのはよろしくないのではないか。

ふと、どこからか水音が聞こえてくる。もしかしたらユフィが最初に思った通り、彼は汗を流しに私室に戻っていたのかもしれない。

寝室の隣には浴室があるのだろう。皇帝が使用できる大浴場もあるが、そちらより部屋に隣接されている浴室の方が使用勝手がよさそうだ。

──浴室に続く扉は、多分あれよね。音がするし。じゃあもうひとつの部屋は衣装部屋かしら。

衣装部屋の奥などに、見つかってほしくない秘密を隠すものだ。

なにせユフィ自身が衣装部屋の奥に秘密の小箱を隠している。

もしかしたら、彼が愛する人のために作らせた指輪や髪飾りなど、宝飾品があるかもしれない……。ユフィに渡すものならば、いつでも渡せる機会があったはず。

「行くわよ、ルー。こっそりね」

仕方ないな、という諦めを漂わせながら、賢いルーはユフィの後をついて行った。

そっと扉を開いて、ルーを入れてからすぐに閉めた。

衣装部屋にしては明るい。そこは先ほどまで重厚感が漂う空間とはがらりと変わった、可愛らしい部屋だった。

「……ええ？」

薄水色の壁紙は爽やかで、これから初夏がやってくる季節にぴったりだ。

フリルやレースがたっぷり使われたカーテン。繊細な細工が施された長椅子の上には、これまた年頃の少女が好みそうなクッションが三個置かれている。

そしてなによりひと際目を引くのが、大きな鳥かごだった。

「……こんな大きな鳥かごが必要な鳥っていないわよね、ルー」

「ワフ」

ルーも同意した。やはり鳥を閉じ込めるものではないのだろう。

となると、これはなんのためのものなのか。

そもそも、この部屋は誰のためのものなのか。

「……子供部屋、と思うには無理があるわよね。しかも見たところ調度品は全部新しそう……じゃあやっぱり、これって陛下が好きな女性のため？　もしかして私より年下⁉」

こんな可愛らしい物が好きな女性は、どう考えても年齢が若いはずだ。

もしかしなくても、ディートハルトは若い女性が好きなのだろうか。十歳も下の自分と婚姻したのはそういう理由も含まれていたのでは……。

ユフィが項垂《うなだ》れていると、背後の扉が開いた。

一拍後、ユフィも背後を振り返る。

「……っ！　ユーフェミア」

「あ……陛下」

ディートハルトが目を見開いて驚いている。

そんな顔も珍しくて素敵だな、と思った直後。彼の顔色がみるみる青ざめていった。

やはりこの部屋は自分に知られたくない隠し部屋だったらしい。

「何故、あなたがここに……」

「申し訳ございません！　陛下の姿が見えて、つい追いかけてしまって……こっそり入ってしまいました」

そういえば部屋の前に見張りがいなかった。たまたまなのだろうか？　と考えていたら、何故かディートハルトの方が焦りだしている。

「すまない、これは、その……っ」

彼の視線が鳥かごに向いた。

その瞬間、ユフィは思いついたことを口にする。

「この鳥かごは陛下の趣味なのですか？」

「っ！　そんな、ことは……！」

あるのだろうか、ないのだろうか。

珍しくディートハルトが歯切れ悪く言葉を濁しだした。顔色が徐々に赤くなっていく。

――あらら？

ユフィの胸にほのかな期待が広がった。

もしかしたらこれは、自分のために用意したのではないか。

一歩踏み出し、ディートハルトに近づく。

ユフィは首を逸《そ》らしてうろたえている様子のディートハルトににっこり笑いかけた。

「それとも、もしかしてこれは私のために用意されたのですか？」

「……っ！」

彼が大きく息を呑んだ。

そのわかりやすい反応から、ユフィの思った通りなのだと察する。

——どうしよう、嬉しいかも！

それならば、この部屋もすべて自分のために用意されたのではないか。

可愛い趣味の調度品も壁紙もぬいぐるみも、すべてディートハルトが妻と私室を共にするために準備してきたのだとしたら、これほど嬉しいこともない。

少々、可愛すぎる趣味のような気もするが、大事なのはディートハルトが妻を想って選んだということ。

寝室の隣にユフィの部屋を作ってくれたことが特別な気持ちにさせてくれた。

期待を込めた眼差しでディートハルトの発言を待っていると、彼が片手で目元を覆った。

耳が赤くなっている。

「……すまない、あなたを監禁するつもりも、意に沿わないことをするつもりもないんだ。

そこは安心してほしい」

詰めていた息を吐くと、ディートハルトはジャケットの胸ポケットの中から細い鎖に繋がれた鍵を取り出して、ユフィに手渡した。

繊細な模様が刻まれた鍵だ。赤い小さな石がひとつ嵌《は》まっている。

――ガーネットかしら。綺麗だわ。

ペンダントとして身に着けてもオシャレに見えるだろう。

そしてその鍵が、鳥かごの鍵だということにも気づいた。よく見ると鍵の差込口にも同じ石が嵌められている。

「私が預かっていていいのですか？」

「もちろんだ。あなたが持っていてほしい。私があなたを閉じ込めるような真似《まね》はしないのだという証になればいいのだが」

ユフィに嫌われていないだろうかという不安が伝わってくる。

彼の怯えに気づき、ユフィは自ら鳥かごの中に入った。

「っ！　ユーフェミア」

靴を脱いで、鳥かごの中に敷かれている真っ白なシーツの上に乗りあげる。寝台のマットレスのようにふかふかで、このまま眠ることもできそうだ。

ふかふかなクッションが数個重ねられた場所に背を預けて、鳥かごの中からディートハルトを見つめた。恐らく狼狽《ろうばい》している皇帝陛下を見られるのは貴重だろう。

——そうだわ、陛下のこんな姿を見られるなんてとても貴重だわ。私だけに見せてくれる顔がもっとあるかもしれない。

奇妙な優越感がじわじわとユフィの心を満たしていく。

ドレスの胸元の釦《ぼたん》をひとつ、二つ外して、鍵付きの鎖を首にかけた。

鍵の先端がユフィのふくよかな胸の谷間に吸い込まれる。

その様子をディートハルトが釘付《くぎづ》けになっていることを確認し、ユフィは己の魅力が最大限に溢れるような微笑を浮かべた。

——よかった、陛下は私に欲情してくれているわ。

目元が赤く染まり、動揺を隠せないでいる。身体的な変化まではわからないが、生唾を飲み込んだように見えた。

育ちすぎて邪魔だと思っていた胸がようやく役立つときがきた。少し冷たかった鍵も、ユフィの肌に触れて温まってきている。

「陛下はどうして、私に触れてくださらないの？」

「……ッ」

鳥かごの格子越しから問いかけると、ディートハルトは気まずそうに視線を逸らした。

彼の中でなにかと葛藤しているようだ。

視線をユフィに合わせて、ディートハルトが口を開く。

「あなたを傷つけたくないから、だ」

「何故？　私は陶器のような壊れ物ではないですよ」

「私にとっては壊れ物と同じだよ。あなたを抱きしめたら、力加減を忘れて苦しめてしまうかもしれない。一度触れてしまったら欲望のまま襲ってしまうかもしれない。華奢な身体を傷つけてしまうことを恐れているんだ」

ディートハルトの言葉を聞いて、ユフィは腑《ふ》に落ちた。

彼は今まで自分に嘘《うそ》をついたことがない。今のもきっと本心に違いない。

もっと早く聞いておけばよかった。そうしたら、悶々と悩むことなく歩み寄りができたかもしれない。

「それなら陛下は、他に好きな女性がいたり、愛人もいるわけではないのですね？」

「なに？　誰がそんな根も葉もないことを……。私の妻は今までもこれからもあなただけだ」

「別の女性が好きなわけでも？　てっきり私に触れてくださらないのは、他の女性がいるのではと思ったのですが」

「断じて違う。あなたにも、ミレスティアの女王にも誓おう。私が求めて止まないのはユーフェミアだけだと」

ユフィにとってミレスティアの女王にも誓うという言葉は大きな意味を持つ。生涯の伴侶を大事にする国において、夫が妻を裏切る行為は制裁が下ってもおかしくない。その国の女王に誓ってでも、ユフィを裏切っていないという証になる。

──そこまで言うのなら、本当なんだわ。

「ごめんなさい、疑ったりして。そんなに私のことを想っていてくださったなんて、嬉しいわ」

「いや、私の方こそ誤解されるようなことをした。すまない、もっときちんと話し合うべきだった」

誰だって自分の不安を打ち明けることは勇気がいる。きっとディートハルトは、ユフィとの体格差に悩んでいたのだろう。

──私が陛下の立場だったら、確かに触ることに躊躇いが生まれるかも……。

力加減を誤って傷つけることを避けたい。しかし、だからと言って触らないという選択肢はおかしい。

ユフィはか弱い小鳥なんかではない。帝国の女性と比べたら華奢ではあるが、今まで骨折もしたことないのだ。風邪をひいたことも数えるほどしかなく、王家の女性は皆丈夫で健康に育っている。

誤解が解けた今、二人の間にわだかまりはないはずだ。

けれど、ディートハルトはいきなりユフィに触れてこようとはしないだろう。

それならば……と、ユフィは思いついたことを提案する。

「陛下が私を気遣ってくださっていたことを理解しました。私に触れることに自信がないのであれば、この鳥かごを利用したらいいのではないでしょうか」

「鳥かごを利用？　一体どういうことだろう」

「暴走する恐れを消して、少しずつ慣れていくための檻として活用するのです。陛下ならこの細い格子を捻《ね》じ曲《ま》げることも容易《たやす》いでしょうが、緊急時にしかしないでしょう？」

「もちろんだ、そのようなことはよほどのことがない限り絶対にしない」

どちらかが鍵を失くしてしまい、出られなくなってしまったときしか力づくで鳥かごを壊すことはしないだろう。

ユフィはディートハルトを手招きし、鳥かご越しに触れられる距離まで接近した。

思った通り、一本ずつの間隔は彼の腕が通るほど。ユフィは少し緊張して冷たくなっているディートハルトの手を握り、己の方へと引き寄せた。

「ユーフェミア……！」

ディートハルトの手を胸に触れさせる。

わかりやすく動揺した声が響くが、ユフィはにっこり笑いかけた。

「こうして鳥かご越しに触れるなら、暴走できないですよね。徐々に慣れていくために、鳥かご越しに触れてくださいませ」

「なんて倒錯的な……」

ディートハルトの顔がじわじわと赤くなっていく。ユフィの柔らかな胸の感触も彼に伝わっていることだろう。

ユフィが優しく自分の胸に押し付けているが、ディートハルトが抵抗しようとしたらすぐに手を離せる力加減だ。

嫌なら抵抗したらいいだけだが、彼の指はユフィの胸に吸い付いたまま動かない。

「手が、放せん……」

熱い息を吐きだしながら、ディートハルトが呟《つぶや》きを落とした。

ユフィは胸に押し付けている彼の手を放してみるが、ディートハルトの手は胸に触れたまま。

にんまりした気持ちを隠しつつ、ユフィは甘えるような声で呼びかけた。

「陛下……もっと私に触れてください」

「ユ……フェミア」

ディートハルトの手がぎこちなく動きだす。

指が胸の谷間をなぞるように滑り、一瞬僅かに手が離れた。が、すぐにまた戻ってくる。

「恐ろしい魅力だ……抗《あらが》いきれない」

「抗う必要がどこに？」

ユフィが小首を傾げて彼を見上げた。

ディートハルトの喉が、ぐう……、と奇妙な唸《うな》り声《ごえ》を出す。

「鳥かごの中にいたら、私は安全なのでしょう？　それなら遠慮せずに、好きに触れてくださいませ。決して壊れませんから」

少し前まで手を繋ぐのが精いっぱいだったことを考えると、胸に触れる行為はすごい進歩だ。このまま最後まで致すことは叶わなくても、お互いの距離をグッと縮められるはず。

――そうだわ、お姉様たちにもらった媚薬や精力剤は有効期限が三ヶ月ほどだから、あと二ヶ月程度しか期限がないんだった。

それまでに初夜を迎えられるだろうか。

ディートハルトが今の行為を悔やまなければ、恐らくひと月以内に初夜の契りが交わせるはずだ。

「ユーフェミア……」

「私のことは、ユフィと呼んでくださいませ」

「ユフィ……では、私のことも名前で呼んでほしい」

「ディートハルト様、ですか？」

「いや、ディーでいい」

「ディー様……」

愛称で呼ぶ許可を得られた。それだけで心の距離がグッと縮まった気がする。

――すごいわ！　今日だけですごく陛下と……ディー様と親しくなれている！

嬉しさがこみ上げてくる。愛称のユフィと呼ばれることもくすぐったい。

もっと二人の距離を縮めたい。今を逃したら、次はいつディートハルトと二人きりの時間を過ごせるのかわからない。

ユフィは意を決して、ドレスの釦を外していく。

ひとつ、二つと釦が外れると、なんだか気持ちが大胆になってきた。今日のドレスはひとりで脱げるものでよかった。

「ユフィ……？」

ディートハルトの戸惑う声が耳に届くが、ユフィの手は止まらない。

上半身をはだけさせて、上はビスチェ姿になった。

いきなり裸になることには抵抗があるが、下着までならなんとか……という気持ちを込めてディートハルトを見つめる。

彼の顔はわかりやすく赤かった。

「ユフィ、なんて大胆な……」

「大胆な私はお嫌いですか？」

「あなたを嫌うなど、そんなはずがないだろう。どんな姿も魅力的で困るくらいだ」

はあ、と息を吐いた彼の身体に視線が吸い寄せられる。

今のディートハルトはジャケットを纏っていない。汗を流した後の簡素な姿であるため、肉体がくっきり布越しに確認できる。

彼の筋肉質な胸板にもドキドキするが、視線を下にずらすと彼の急所がこんもり盛り上がっていた。

——あれは殿方が欲情されている証だわ……っ！　欲情以外に生理現象でもなるって聞いたことがあるけれど、今は私を見て大きくされているのよね？　顔も赤いのだし。きっとそうに違いない。ディートハルトの熱っぽい吐息はまさしく欲情そのものだ。

——布越しだからわからないけど、あれが普通なのかしら。

当たり前だが、男性の生理現象などはじめて目のあたりにした。比較対象がいないため、普通がわからない。

が、ちらりと見えた彼の大事な場所は、随分大きく盛り上がっていた。

少しの好奇心と羞恥心が混ざり合う。凝視するのは淑女としていかがなものかと思い、そっと視線を逸らした。

「もっと私に触れてください……私はそう簡単に壊れないんだって、確かめてほしいです。鳥かごの中にいるときだけでも少しずつ触れることに慣れていったら、もっと二人の距離も縮められるでしょう？」

ユフィは懇願するようにディートハルトを見つめた。

彼の目には隠しきれない情欲の焔《ほのお》が浮かんでいる。

「ユフィ……嫌だったら、ダメだと言ってほしい」

そう前置きをして、ディートハルトは一歩鳥かごに近づいた。

寝台に座るユフィとの目線が同じくらいの高さになる。

彼の両腕が差し込まれて、ユフィの両胸に触れた。

ビスチェの上から胸の感触を確かめるように、ゆっくり力が込められる。もどかしいような動きが少しずつユフィの官能を高めていく。

――さっきよりももっと、心臓がドキドキしている……鼓動が速いのに気づかれそう。

彼の武骨で大きな手が自分の肌に触れているのだと思うだけで、胸の鼓動が忙《せわ》しない。

逞しく大きな手で触ってもらいたいと思っていたのだ。

「魅力的すぎて抗いきれない……なんだ、この感触は。柔らかすぎるだろう。力加減がわからない……痛くないか？」

前半はディートハルトの独白らしい。気に入ってくれたようでなによりだ。

「あ……大丈夫です」

ユフィの口から小さく声が漏れた。彼の指が胸の頂を掠《かす》ったのだ。

一瞬手の動きが止まったが、すぐに再開される。

「くすぐったいか？」

「わからない……です。でも、さっきからずっと胸がドキドキしてて、ディー様に気づかれちゃうのではと思うと少し恥ずかしい」

「このような大胆なことをしておいて、鼓動が速いことの方が恥ずかしいのか」

ディートハルトがくすりと笑った。

その柔らかな微笑が、いつか見た光景と重なりそうになった。

──あれ、なんで今懐かしい気持ちになったのかしら……？

彼の微笑みなど何度か目にしたことがあったが、そのときはゆっくり観察できなかったから、このような不思議な気持ちになっているのかもしれない。

なにかが脳裏をよぎったのに、それを摑《つか》み損ねたようだ。

だが、一瞬現れた感情はすぐに霧散した。直接的に与えられる刺激によって。

「可愛いな、ユフィ……もっと恥じらう姿が見たくなる」

ディートハルトの指先が大胆にユフィの胸を弄《いじ》ってくる。

ビスチェと肌の境目に不埒《ふらち》な指が入り込んで、ふるりと豊かな双丘が零れ出た。慎《つつ》ましい先端も彼の視界に入ってしまった。

「あぁ……っ」

「なんて可愛い実だ……私に食べてほしそうにしている」

ディートハルトに見られているというだけで、胸の頂がぷっくりと存在を主張してきた。

淫らな赤い果実のように、彼を誘っている。

自分の胸を淫らだと思ったことはないのに、彼の目前に晒《さら》していると羞恥心がこみ上げてきた。

「あ……ディー様」

「ユフィ、もう少しこちらへ」

ディートハルトの方へ抱き寄せられた。膝と胸が格子に当たる。

なにをするのだろうと思った直後、彼の顔がユフィの胸元に近づき、露わになった果実を食べられてしまった。

「きゃあ……ッ」

ぬるりとした肉厚ななにかがユフィの胸に触れている。温かなもので舐《な》められている。

それが彼の舌なのだと遅れて気づいた。

一拍後、背筋に言いようのない震えが走った。

——陛下……ディー様が、私の胸を舐めて……！

ちゅぱちゅぱとした唾液音まで聞こえてくる。

彼の口内に胸の頂が閉じ込められてしまい、視覚と聴覚まで犯されそうだ。

「ンン……」

強く吸われて、とっさに声が漏れた。

今まで自分がこんな甘い声を出せるなど、気づかなかったことにまで気づいてしまった。優しく歯を当てられて、舌先で転がされる。まるで本物の果実をおいしく食べているようだ。

──なんか、よくわからないけど身体がジンジンする……。

ようやく離してもらえたと思ったときには、ユフィの慎ましかった実が淫らに赤く熟れていた。唾液に濡れていやらしく映る。

「はぁ……」

「ああ、しまった。こんなに赤く腫れて……ユフィのここがおいしすぎてつい、夢中になってしまった」

ディートハルトが指先でグリッとその実に触れた。優しく転がすような刺激さえ、ユフィの身体の芯を疼かせる。

尾てい骨に響く彼の声まで甘かった。

ただ、しまったと言いつつも、反省しているようには聞こえないが。

「ディー様……」

「すまない、ユフィ。もう片方のも存分に可愛がってあげるからな」

そう言いながら、彼はユフィの赤く腫れた実を指先でキュッと摘まんだ。

「アン……ッ！」

その瞬間、びりびりとした電流に襲われる。ユフィの下着にじわりとしたなにかが広がっていくのを感じていた。

――あ……これってもしかして、愛液ってやつじゃ……。

女性が気持ちよくなると濡れてしまうらしい。

今まで与えられる刺激に夢中になっていたため、下着が不快に思えるほどしっとり濡れていることに気づかなかった。

いつから濡れていたのかはわからないが、少しでも身体を動かしたら水音が聞こえてしまうかもしれない。

どうしよう、と思っている間にビスチェのリボンが完全に解かれて、ディートハルトの前に上半身を晒していた。

「すごいな……なんて美しいんだ……。こんなに綺麗な胸を私が穢してしまっていいものか」

ディートハルトが独り言のように呟いた。

ユフィはもう半分穢したではないか、という言葉をぎりぎりで飲み込んだ。もうお腹《なか》の奥が疼いてじれている。

まだ触れられていない胸も、彼の手と口で淫らにしてほしい。

「ディー様の好きにしてほしいです……」

とっさに殿方が言われたら喜ぶと教えられた台詞《せりふ》を思い出す。もちろんユフィの本心でもあった。

「ユフィ……！　そんなおねだりは他の男に聞かせてはいけない。私の前だけだと誓ってくれ」

「ディー様にしかおねだりしないです……だから、食べて？」

ユフィは頬を上気させて、とろりとした熱を瞳に宿したまま小首を傾げた。薄く開いた口から艶《あで》やかな吐息が零れた。

そんなユフィの艶《なま》めかしい姿を見て、ディートハルトはグッと喉を鳴らした。その目は獣のようにギラリと光っている。

ディートハルトは衝動のまま、まだ穢されていない胸に顔を寄せた。もう片方の胸も彼に貪られるように食べられてしまった。

――あ……っ、なんか、さっきより激しい……。

今までの躊躇いはどこへやら。

先ほどよりも巧みな舌使いで、ユフィの官能をさらに高めていく。

舐めて吸って、そして甘嚙《あまが》みまでされて。

ユフィは与えられる刺激を敏感に感じ取り、身体をピクピクと震わせていた。お腹の奥が熱くてたまらない。

「はぁ……んぅ……っ」

「あなたはどこもかしこも、甘くてたまらない」

ディートハルトが獣のように荒い息を吐いて欲情する姿を見ると、先ほどよりもさらに胎内に熱がこもり、疼きが激しくなってくる。

――熱い……全部脱ぎたいくらい……。

けれど全部脱いでしまったら、ユフィの下着が濡れていることにも気づかれてしまう。なんとなくそれは恥ずかしい。できればこのまま気づかれたくないものだ。

だが、ディートハルトがユフィの胸に飽きたら、次はどこを触れられるのだろうか。

そう考えただけで、期待と興奮から愛液がじゅわりと溢れてくる。

「ディー様……」

ユフィからディートハルトの髪に触れた。

今までは身長差から触れることができなかったが、彼の髪は思っていた以上に柔らかくて指通りがいい。

その髪の毛をくしゃりとさせられるのは、何故だか特別なことに感じられた。

「はぁ、ユフィ……」

「っ！　そんな、肌に押し付けながら話すのは反則です……」

彼の重低音な美声が直接腰に響きそうだ
ズクン、と下腹が疼き始める。

「そうか、反則か」

クスクスと喉奥で笑いながら、ディートハルトが顔を上げた。

散々舐められて唾液で濡れた胸元に触れられる。

「私の所有の証を刻みたいところだが、まだ我慢しておこう。あなたの肌が白いから、一度痕をつけたらどのくらい残るのかが気になるところだ」

肌に強く吸い付くと、赤い鬱血痕《うっけつこん》ができることは知識として知っていた。

それを刻みたいのだと知り、ユフィの顔が赤くなる。

――どうしよう、嬉しい……。

彼の独占欲を聞かされたのだ。心がどんどん満たされていく。

「では、初夜を迎える日には、その証をつけてくださいませ」

恥ずかしさを押し殺してお願いすると、ディートハルトの目尻が甘く垂れた。

「なんて可愛いお願いなんだ……初夜には必ず。覚悟するように」

その初夜をいつ迎えるつもりなのかと尋ねるのは無粋だろうか。

確認してしまいたい気持ちと、性急にことを進めるべきではない気持ちがせめぎ合う。

早く契りたいという焦りもあるが、ここまで二人の仲が進展したことを祝うべきではないか。

今はまだ少しずつ歩み寄るべきかもしれない。ここまでディートハルトが触れられるようになったことに満足しなくては。

ふいに、扉の外からルーの控えめな鳴き声が聞こえた。

いつの間にかこの部屋から出て、隣の部屋に退室していたらしい。なんとも空気が読める神獣である。

「あっ！　ディー様、ルーが誰か来るって」

「なに？　……しまった、エヴァンかもしれない。ユフィは……とりあえず、この中に入って眠っているふりをしてくれ」

羽毛布団を首までかけられる。乱れた衣服を直す時間はなさそうだ。

ディートハルトが立ち上がった瞬間、扉がノックされた。

「陛下、こちらにいらっしゃいます？」

躊躇いがちに扉が開かれる。

ユフィは目を開けたいのを堪えて、大人しく聞き耳を立てていた。

「エヴァンか、どうした」

「どうしたもこうしたも、演習場からまったく戻って来られないから探しに来たのですよ。

汗でも流しに来たのかと。そうしたらこちらに妃殿下の神獣殿が……って、まさか陛下……」

エヴァンの声が強張った。なにやらディートハルトに疑いの目が向けられているらしい。

ユフィはじっと黙ったまま、成り行きを見守ることにした。

「待て、まさかとはなんだ。何故一歩後退する。こら、鳥かごに目を向けるな、その驚きの顔はなんだ」

「陛下、決して監禁しないと言っていたのに……やはりあれは嘘だったのですね⁉ そちらに眠っておられるのは妃殿下ではありませんか！」

先ほどよりも小声になったというのに、気迫が増していた。

エヴァンはどうやらこの鳥かごの存在を知っていたらしい。

「やはりってなんだ！　人聞きの悪いことを言うな。監禁なんてしていない。それにこの鳥かごの鍵はユフィに渡している」

「ではなんですか、彼女が自ら鳥かごに入ったとでも仰るのですか？　そんな酔狂な真似をする姫君が一体どこにいらっしゃるのです？」

――ええと、ここにいたわ……。

自ら入り、皇帝を誘惑してしまったのはユフィ自身だが、彼はユフィがそんなことをしたと言っても信じないかもしれない。

宮殿内でのユフィの評価は可憐で庇護《ひご》欲をそそる以外に、大人しく物静かだと思われている。単純にあまり日差しが得意ではないため室内に閉じこもることが多く、時間に余裕があれば読書をしていることが多いからだ。

このように自分から鳥かごに入ってディートハルトを誘惑するなんて、エヴァンも信じないだろう。

「それは……」

優しいディートハルトは真実を告げられずに口ごもってしまったらしい。

それが余計な疑惑を与えたようだ。

「やはり陛下の欲求不満が暴走して、閉じ込めるに至ったのですね？　だから言ったのですよ、怖気づくよりも早く手を出すべきだと……いつかこういうことが起きるのではないかという懸念が予想以上に早く実現してびっくりなんですが」

「……予想していたのか。私に対する信頼がなさすぎじゃないか」

ディートハルトの声に呆れが混じっている。

「陛下は私が迎えに来なかったらずっとこの部屋に閉じこもっていたのではないですか？　妃殿下の寝顔をデレデレと締まりのない顔で見つめていたのでしょう」

エヴァンは信頼していなかったのではという指摘を無視することにしたらしい。まるで本当に見ていたかのようなことを指摘してくる。

「やめろ、そんな見ていたかのようなことを言うな。確かに時間を忘れてしまった自覚はある。この部屋に時計を置いていなかったのも要因だが……。とにかく、先にユフィに部屋の存在がバレたんだ。そしてこの鳥かごも受け入れてもらった。私が監禁したわけではない」

「……なんですって？　無理やり連れてきて閉じ込めたのではなく、受け入れられた？……随分と、肝が据わったお姫様だったんですね……尊敬します」

エヴァンの驚愕《きょうがく》の声が響いた。

ユフィは頑張って笑いをこらえる。

どうも普通は大きな鳥かごが自分のために作られたのだと知ると、受け入れるには時間がかかるらしい。

――肝が据わったお姫様というのは、褒め言葉として受け取っておくわ。

鳥かごのすぐ近くにルーがいる気配がする。もう邪魔しても大丈夫だと思ったのだろう。

「とにかく、妃殿下が起きる前に侍女を呼ぶとして」

「待て、それは困る。この部屋を他の者に知られたら、秘密ではなくなってしまうではないか」

「……では、仕方ないですね。妃殿下が起きられたらおひとりで部屋に戻ってもらうしか。それか部屋の外に侍女を待機させておきましょう」

「ああ、そうだな。助かる」

どうやらそういうことになったらしい。

部屋の外に皇妃付の侍女がやって来るまで、もう少しこのまま寝ている方がよさそうだ。

二人が部屋から出たのを確認後、ユフィも羽毛布団の中でビスチェとドレスの釦を手早く止めて、身だしなみを整えた。

がばりと起き上がり、近くで待機しているルーを呼ぶ。

「ルー、私頑張ったわ！」

「ワフ」

そうみたいだね、と肯定された。ルーの尻尾もゆらゆらと揺れている。

鳥かごの鍵を失くさないようにしっかり身に着けて、予想外に寝心地のいい鳥かごから出た。

今後に関して話し合う前にエヴァンが来てしまったが、これからもこの部屋を利用しても大丈夫かもしれない。

また次に彼と会ったときに、ディートハルトの部屋に来る許しを得よう。

「私、陛下と愛称で呼び合う関係になれたのよ。陛下ではなく、今後はディー様と呼べるようになったわ。ディー様も、私のことをユフィって何度も呼んでくださって……キャーどうしよう。すごく嬉しいわ！」

「クゥン」

ルーが喉を鳴らした。よかったね、と言っている。

「でね、でね、この部屋は私のために作ってくれたそうなのよ。愛人や、他に好きな女性はいないのですって。私以外にも妻を作るつもりはないのだと、お母様に誓ってくれるとも言ったわ。それって命を懸けるようなものじゃない。すごい誠実だわ、ディー様」

この先の出来事は、さすがにルーには話せないが。話さなくても、乳繰り合っていたのだということくらいルーもわかっている。

ユフィがにやけている顔を見て、若干お腹いっぱいという顔をされた。

しかし嬉しさと喜びで綻んでいた顔が、ふいに真顔に戻った。

――あれ？　そういえば私たち、キスもまだだったわ……。

高揚していた気持ちがスン……と落ち着いてくる。

キスをするよりも早く胸を食べられてしまった。これは一般的な順序なのだろうか。いや、恐らく違うだろう。

手を繋いだ後の接触としてはキスが続くはず。そして、互いの官能を高め合うためにも、キスは欠かせないはずだ。

――でもそれは鳥かご越しだから、キスができなかっただけかもしれない……。

冷静になってひとつ気づくと、他に気になることが出てくる。

ディートハルトの妻はユフィひとりだと言われたが、好きだと言われたわけではないのではないか。求めて止まないというのは、好きということでいいのだろうか。

だが同時に、自分からも彼に気持ちを伝えていなかったことに気づいた。

──あれ、あれれ？　私とディー様は、同じ気持ちでいいのよね？

愛称で呼び合う仲になったのだから、確実に愛情は存在するはずだ。

しかしまだ政略結婚から一ヶ月ちょっと。夫婦の愛というものが芽生えるには早いのかもしれない。

そんな今さらなことに気づいたのだった。

第三章

あの日を境にディートハルトとユフィは共に過ごせる時間が増えた。忙しい皇帝と過ごせる時間は限られてくるが、毎日朝食を摂《と》れるようになったのだ。

今まで数日に一度しか食事を共にできなかったことを考えると随分な進歩だ。

それに朝食だけではなく、以前よりも頻繁にお茶の時間も過ごせるようになり、ユフィは毎日喜びをかみしめている。

――でも、寝室はまだ別なのよねぇ……。

誰の目から見ても二人の距離感が縮まっていることは明らかだが、ディートハルトは未だに紳士的な態度を取っていた。鳥かごのある部屋以外では、手を握ることくらいしかしてくれない。

少し前までは寂しいと思わなかったが、今では秘密の部屋からユフィの私室へ送られるときが一番悲しく感じるようになっていた。何故彼はユフィを平然と部屋に返せるのだろう、と。

人の願望は次から次へと生まれてしまうものである。少し前と比べたら随分距離が近づいているというのに、ユフィの不満は解消されない。

ディートハルトは鳥かごで守られたユフィを物理的に傷つけることはないと安心しているのか、格子の隙間からなら大胆に触れられるらしい。

けれど一歩ユフィが鳥かごから出ると、己の理性を総動員させているかのように頑《かたく》なに触れようとしてこない。

そんな理性は捨ててしまえばいいと言えたら楽なものなのだが……あまり求めすぎてディートハルトに嫌われたくないのだ。

「ねえ、ルー。私からディー様に抱き着いて、離れたくないってお願いしてみる？　ずっと一緒にいたいから寝室を移動させたいとか……大胆すぎるかしら」

自分からドレスを脱いで誘惑することよりも、抱き着いておねだりする方が悩ましい。

まだ眠そうにしているルーは、目を半分だけ開けて小さく鳴いた。

「ワフン……」

「え～なにを今さらとか言わないでよ。だって嫌われたくないのだもの」

早朝に目が覚めたユフィは、同じ寝台で眠るルーを撫でながら愚痴を零す。こうして本音を言える相手というのが、実のところルーしかいないというのも悩みの種のひとつだ。

――侍女たちにはこんなこと相談できないし……距離感がわからないのよね。

ミレスティアにいた頃のユフィ付きの侍女とは、とても仲がよかった。年齢が近いということもあり、なんでも相談できて愚痴も言える相手だったのだ。

他にも四人の姉妹と二人の兄弟にも、なにかと気安く話せていたのだが。帝国に嫁いで早二ヶ月。ユフィの交友関係はほとんど構築されていなかった。

――帝国の文化もあるだろうし、なかなか本音で語り合える相手を見つけるのって難しいわね……。ちょっと寂しい。

ルーを一緒に帝国に連れてこられてよかった。今も離れ離れにされずに傍にいる。ルーは昔からユフィの心の支えで一番の親友だ。

――お姉様たちからもらった媚薬の使用期限があとひと月くらいなのよね。三ヶ月しか使えないって言ってたもの……もういっそ、小箱ごと持ってディー様に突撃しちゃおうかしら。そうしたらいい加減腹をくくってくれるかも。

衣装部屋の奥に隠してある小箱を持っていたら目立つだろうか。ミレスティアの王女二人から渡された餞別だと言っても、ディートハルトに難色を示されたら困る。

そもそもあの薬は主に女性の身体への負担を軽減させるものだ。精力剤も渡されているが、恐らく必要ないと思われる。

――あ、そうだわ。小瓶を胸の谷間に隠しておこうかしら。多分バレないわ！

発達しすぎてしまった豊かな胸が役立ちそうだ。

今まで邪魔だなと思っていたが、ディートハルトもユフィの柔らかな胸を気に入っているようだ。彼は鳥かご越しにユフィの胸をずっともみもみしてくる。

好きな人に気に入られていると思うと、少しずつ自分の身体に自信がついてきた。

フローラとハンナの手によって朝の支度を手早く済ませて、ルーと共に食堂に向かった。

今日は朝から雨模様だ。しとしとと天が涙を降らせている。

このような日は憂鬱になりそうだが、ユフィは久しぶりに太陽が隠れていることにほっとしていた。日差しが和らぐ曇り空の方が、肌への負担が減るのだ。

「おはようございます、陛下」

食堂にはすでにディートハルトが席についていた。

淑女の礼をすると、彼は席から立ち上がりユフィの手をエスコートしてくれる。

「おはよう、ユフィ。よく眠れたか」

「はい、おかげさまで。ありがとうございます。陛下も眠れましたか？　少し隈ができているようですが」

「……ああ、問題ない。少しだけ寝不足だが」

ユフィは、微妙な間があったなと思っていたが、賢明にも声に出さずにいた。

「そうでしたの、今日は早めにお休みになってくださいね」

着席し、朝の紅茶を堪能する。香り豊かな茶葉は、ミレスティアではなかなか手に入らない産地のものだ。

ディートハルトが即位して一番初めに帝国の属国だった領土を返還したのは、豊かな茶葉の産地で有名な国だった。

「どうした、ユフィ。カップを見つめたまま止まっているが」

ディートハルトの声を聞いてハッとする。

「いいえ、おいしいなと思ってました。こちらの茶葉をミレスティアにも輸出できたらいいのにと」

「ああ、そうだな。隣国からミレスティアまでの輸出には時間がかかりすぎるが、帝国が輸入したものをミレスティアへ再輸出することならできるだろう。少しずつミレスティアとの貿易も進んでいることだし」

「私を運んでくれたあの大きな船ですわね。素晴らしかったですわ」

ユフィが帝国に輿入れするための一番の障害は、帝国までの移動手段だった。

だが帝国側はミレスティアに提示された条件をすべて呑んで、期限通りに大型の商船を作り上げたのだ。

貿易に関しての条約は、まだいくつか交渉をしなければいけないようだが、ユフィはその船に乗って一週間ほどで帝国に降り立つことができた。陸を選んでいたら、迂回《うかい》をして二ヶ月以上の長旅になっただろう。

「デリックお兄様も帝国との貿易に力を入れたいと張り切っていましたわ。ミレスティア一の商会ですし、きっとこの茶葉も気に入りそう」

「ああ、デリック殿か。一度こちらに来たいと言っていたな。また時期がわかったら知らせよう」

「まあ、嬉しいです。ありがとうございます」

デリックはユフィの兄で、王家の第二子だ。三年ほど前に、国一番の商会を営む会長の娘と結婚し、婿入りをしている。

王族でありながら貴族でもない家に婿入りすることに当初は議会が荒れたが、二人の愛が本物だと認められたことで無事に婚礼が行われた。ミレスティアでは王子の方が王女よりも身軽だというのもある。

──お兄様が来たら楽しくなりそうだわ。

彼は新しいものが好きで、探求心を忘れない。商才もあったようで、とてもいい待遇を受けているらしい。

帝国との貿易が大きくなればなるほど、ミレスティアも豊かになるだろう。祖国の発展に繋がると思うと、ユフィの胸もふんわりと温かくなる。

ユフィはバターがたっぷり練られたパンを味わいながら、ディートハルトの話に耳を傾けた。政治の話は、よく母からも聞かされていたためとても勉強になる。

「ああ、すまない。つい話しすぎてしまった。女性にこのような話は退屈させると聞いていたのに」

「いいえ、退屈などしていませんわ。とても面白いです。私にはまだ学ぶことが多くありますから」

「あなたは優しいな」

そう言ってディートハルトに微笑まれると、ユフィの胸がキュンと高鳴った。意識しないと顔に熱が集まりそうだ。

——微笑みひとつでこんなに動揺させられるなんて……不意打ちは禁止だわ！

そんな風に乙女心を炸裂《さくれつ》していると、行儀よく座っていたルーがユフィの腕に鼻先をこすりつけてきた。理知的なアイスブルーの瞳を見て、今日の予定をまだ聞いていなかったことを思い出す。

「陛下、今日は何時頃まで予定がありますか？」

「……そうだな、夕食までにはすべて片付くと思う。今夜は一緒に食べようか」

「はい、嬉しいですわ」

夕食後に予定がないのであれば、そのまま彼の部屋に押しかけられるだろう。

ユフィの目論見通りその日の夕食後、ディートハルトに連れられて秘密の部屋に入れることとなった。

◇◇◇

すっかり慣れた鳥かごの中で、ユフィは薄いネグリジェを纏っていた。

この部屋に来たときは夕食時に着ていたドレス姿だったが、それをさっさと脱いでしまった。

そしてドレスの下に着ていたネグリジェ姿で、鳥かごの外にいるディートハルトに触れてもらう。

「ユフィ、それは一体……何故そのような場所に隠しているんだ」

ディートハルトの視線がユフィの胸元に釘付けになっている。何故と言いながら、彼が興奮しているのが伝わってきた。

胸の谷間には鳥かごの鍵と、もうひとつ……小瓶が挟まっていた。鎖に繋いだ鍵は首にかけたままにして、ユフィは小瓶を胸から取り出す。

これは夕食前にサッと胸に隠していた、姉王女からの餞別の小瓶だ。

「私の姉たちが、輿入れ前にくださったのです。ミレスティア王家に伝わる媚薬と香油と、あと男性用の精力剤を……」

「そのようなものがあるのか」

ディートハルトは少し驚いているようだが嫌な顔はしていなかった。そのことにユフィはほっとする。

今ユフィが手に持っているのは香油の小瓶だ。膣内に直接塗ることができて、摩擦による痛みを和らげるものである。

今夜どこまでディートハルトが手を出してくれるのかはわからないが、痛みを堪えなければいけないようなことをするのであれば、この香油を使って少しでも中を解したい。

「私の姉たちは妹想いなのです。でもディー様に精力剤は必要ないかと思いますが」

直接見たわけではないが、服の上からなら何度も股間を膨らませているのを確認している。ユフィに触れているとき、彼の滾《たぎ》りも熱くさせているのだ。

それを指摘されて照れているのか、ディートハルトがスッと視線を逸らせた。目尻がほんのり赤い。

「気持ちだけ受け取っておこう。だが、今ユフィが持っているのはどれなんだ？」

「これは香油ですわ。香りも……ミレスティアの花から抽出したもので、とてもいい匂いがするのです」

小瓶の蓋を開けると、花の芳《かぐわ》しい匂いがふわりと漂ってきた。薔薇のように主張が激しくない、爽やかな香りだ。

「いい匂いだな。この香油はユフィの身体に塗ればいいのか？　すべすべになりそうだな」

ディートハルトは身体の表面に使うものだと勘違いしているらしい。

このような場所で持ってくるものなど、閨に使用するものなのだが。

――そういう勘違いも可愛い！

ユフィが教えたらいいだけなので、問題なしである。少々口には出しにくいが。

「これは表面ではなく中に……ディー様を受け入れる場所に塗り込むのですわ」

少し恥じらいながらはっきり告げると、ディートハルトの視線がわかりやすく泳いだ。

「そ、そうなのか……初夜のためのものだったか。疎くてすまない、言いにくいことを言わせてしまった」

「謝らないでくださいませ。きっと帝国にもこのようなものがあると思いますが、姉たちが念のためにと持たせてくれたのです。私が辛くないように、と……きっと、その、体格差も気にされていたのかもしれません。私は母や姉よりも小柄ですので」

「そうだな、ユフィを気遣う気持ちは十分理解できる。私もあなたを傷つけたくないと言って、接触を避けていたのだから」

「でも、これからもっと積極的に触れてくださるのでしょう？」

ユフィが蠱惑的《こわくてき》に微笑んで見せた。彼の動揺が伝わってくる。

「……まだ積極的とまではいかない。徐々に触れ合いを増やしていきたいとは思うが」

鳥かごに入って守られているとはいえ、もしディートハルトが暴走してしまえば簡単にこの鳥かごも壊せてしまうだろう。

ユフィは正直手ごわいな、と思いつつもディートハルトが心から自分のことを想ってくれているのだと感じていた。

まだ香油の使用期限は残っている。もう少し時間をかけて逢瀬を楽しむべきかもしれない。

「そうですね、徐々に」

小瓶のキャップを閉めようとした瞬間、手からつるりと落ちてしまった。鳥かごの外に転がってしまう。

「ああ……」

「私が拾ってこよう」

ディートハルトが小瓶を拾い上げた。中身はカーペットにしみ込んでしまい残っていなかった。香油の花の香りがふわりと漂ってくる。

「すまない、私が素早く掴んでいればよかった」

「いえ、そんなことは。私の不注意ですわ」

「だが、せっかく姉君たちがくれたのだろう？　無駄にしてしまった……」

「まだ在庫がありますので」

ユフィがにっこり笑うと、ディートハルトが虚を突かれた顔をした。

「まだあるのか？　てっきり一本ずつかと」

「いいえ、このくらいの箱にぎっしり。五本ずつはあるかと」

「それは準備がいいな」

そのため一本くらい無駄になってもなんとかなる。

初夜を迎えた後、痛くならずに快楽を得られる回数が何回からなのかはわからないが。

ユフィは気持ちを切り替えて、ディートハルトを呼んだ。

「ディー様、手を貸してくださいませ」

おずおずとディートハルトの手が格子に差し込まれた。

何度も触れてきた彼の手を、まず頬にあてた。暖かくて大きくて、この手に触れられるだけで守られている心地になる。

「ディー様の手はいつも温かくて、気持ちがいいですわ」

「そうか、汗ばんでいないだろうか……」

「汗ばんでいても構いませんわ」

好きな相手ならそのくらい些細なことだ。ユフィの手も緊張からか興奮からか、しっとりしている。

最初はいつもこうして、ユフィがディートハルトの手を好きに弄る。彼はただ、鳥かご越しにその様子を眺めるだけだ。

ユフィは自分の手が好きにされているところを見つめながら、彼が静かに興奮していることを知っている。

頰にあてた手を首筋に触れさせて、ゆっくりなぞるように鎖骨から肩へと下ろしていく。ユフィの身体に慣れさせて、ディートハルトが自発的にもっとユフィに触れたいと思わせるために。

肩に触れさせていた手が、ぴくりと動いた。彼の不埒な小指がユフィのネグリジェの肩《かた》紐《ひも》をそっと落としたのだ。

肩紐は二の腕で止まる。豊かな胸がネグリジェを支えているため、完全に落ちることはない。

そんな彼の悪戯にもユフィは興奮してしまう。偶然ではなく、意図的にずり落としたのは、彼がユフィの肌をもっと見たいと思ってくれているからだ。

「……私の肌が見たいなら、このリボンを解いてください」

胸元のリボンが解けると、ユフィのネグリジェが簡単に脱がせるようになっている。

ディートハルトの躊躇いは一瞬で、あっさり胸元のリボンを解いてしまった。

空気に触れる肌の面積が広がった。少しだけひやりとしたが、室内は寒くない。

ユフィは首にかけている鎖を首から外して、枕元に置いた。鳥かごの鍵を身に着けていなくても、手元にあれば問題ない。

「はぁ……いつ見てもあなたの肌は美しい。まぶしいくらいだ」

ディートハルトは本当に目を眇《すが》めている。

そんな彼を微笑ましく思いながら、ユフィはふたたび主導権を自分に戻した。

彼の手を、彼が大好きな胸へ導く。

「ディー様は私の胸がお好きですよね」

「……抗いきれないほど魅力的すぎるんだ」

胸の上に置いた手の上に、ユフィが自分の手を重ねる。

触れているだけだったディートハルトの手に力が込められ始めた。

「ディー様、私の胸を好きに弄りたいですか？」

彼は顔を赤くしたまま、「ああ」と頷いた。

自分より十も年上の男が、こんな風に顔を赤くして胸を弄りたいのだと頷くなんて、すごく可愛いではないか。

不思議な満足感が胸の奥に広がっていく。この場の主導権はユフィが握っていた。

「では、私を気持ちよくさせてくださいませ」

「もちろんだ」

そうお願いすると、ディートハルトは嬉しそうに微笑んでユフィの腰を引き寄せた。

ユフィの胸が真鍮でできた格子に当たる。

ひやりとした冷たい感触は一瞬だけで、すぐに気にならなくなった
「あっ」

そう呟いた直後、彼はユフィの果実にかぶりつく。

「アン……ッ」

反対の手がユフィの胸を優しく揉《も》みしだく。

痛くならないように力加減に気を遣っていることがありありと伝わってきた。

ディートハルトの大きな手が自分の胸に沈んでいる光景を見ると、言葉にしがたい興奮が沸き上がる。

——あんなに太い指が私の胸に触れて……あの手で全身を撫でられたら、とても気持ちよさそう……。

ディートハルトに触れられるようになってから、ユフィの身体は素直に反応するようになってしまった。

気持ちいいかもしれないと想像するだけで、下腹のあたりに熱がこもる。

今も視覚的な情報がユフィの快楽を徐々に目覚めさせていった。

「あ……ディー様……っ」

ディートハルトの舌が胸の頂に強く吸い付いた。

鳥かご越しに胸を吸われる光景が倒錯的で、頭がくらくらしそうだ。

隙間に胸を押し付けているため、本音を言うと体勢が辛《つら》い。けれど、火照った身体に格子の冷たさが程よく気持ちいい。

——こんな風に隙間に胸を押し付けて、舐めてもらうだなんて……すごくいやらしいことをしている……。

細い格子を握りながら、ディートハルトの頭を見下ろす。

正直鳥かごの格子なんて邪魔で仕方ないのだが、これがあるからこそ彼が自分に触れてくれるのだと納得もしていた。

鳥かごはユフィを守る檻なのだから。ディートハルトが自制をするために必要な障害物なのである。

ビリビリした刺激がユフィの背筋を駆ける。肉厚な舌が胸に吸い付いて甘噛みをしてくると、ユフィの身体から力が抜けてしまいそうだ。

「ンゥ……ッ」

彼の腕が腰に回っているため、倒れる心配はない。

反対の胸もキュッと頂に触れられて、絶え間ない刺激に太ももをすり合わせた。

——胸だけで、いやらしい気持ちになっちゃう……。

これは普通のことなのだろうか。

こんな風に舐められて吸われて、甘嚙みまでされたら。お腹の奥が疼いてしまうのかもしれない。

「ユフィ……甘い。あなたはどこも柔らかくておいしい」

「ふ……っ、食べちゃ、ダメですよ」

「そうか、食べてはダメなのか」

「……っ、嘘です。おいしく召し上がってくださ……アァ……ッ」

両手で両胸の頂をコリッと摘まれた。

刺激を同時に与えられて、ユフィの背が弓なりになる。

「ユフィの声も媚薬みたいだ……私の理性を薄れさせる」

それはユフィも同じだ。ディートハルトの低い美声はユフィの鼓膜を犯してくる。

しかしそう言いたくても口からは甘やかな嬌声《きょうせい》が漏れるだけ。そしてディートハルトからも、興奮した荒い吐息が届くだけだ。

次第に彼の手がユフィの背に触れた。

背骨をなぞるように手を這《は》わせながら、優しく撫でられる。もはやディートハルトが触れるすべての箇所に神経が集中しているのではないかと思い始めていた。

——身体が熱いわ……いつも、ディー様に触れられると熱くなってしまう……。

胸に触れていた手がそのすぐ下のなだらかな腹部へ移動した。

ほっそりした腰と平らな腹部に、彼の熱が直に伝わってくる。

「ユフィはこんなに細くて心配になる……どうしたらもっと大きくなるのだろうな」

「縦に伸びるならいいですけど、横には大きくなりたくありませんわ……」

「少しくらいふくよかでも十分可愛い。私はどんなユフィも素敵だと思っている」

「……っ」

そんな風に褒めてくれるのに、何故キスをしてくれないのだろう。

自分からしてしまうべきか。彼の唇を奪ってしまったらいいのではないか。

ユフィはとろりとした眼差しをディートハルトに向ける。

彼の熱をもっと感じたいし、気持ちを分け合いたい。

けれど、まだディートハルトはどこかユフィに触れるのを躊躇っている気がしていた。

――胸を弄ってくれても、決して下半身には触れてこないもの……。

キスは単純に、鳥かご越しだと難しいと思っているのかもしれない。が、やってみないとわからないではないか。

ユフィは小さく「ディー様」とねだるような声を出した。

「なんだ、ユフィ」

――キスをしてほしい。

けれど、もしかしたら唇にするキスにも文化的な違いがあるのかもしれない。

そんな考えが頭を横切った。

ユフィはとっさにディートハルトの首を己の方に引き寄せて、顔を格子に寄せてほしいとねだる。

彼の横顔が格子と密着した瞬間、ユフィは頬にキスをした。

「……ッ！　ユフィ」

「わ、私の……気持ちですわ」

散々胸を舐められて気持ちよくされているのに、自分からディートハルトの頬にキスをしたのははじめてだ。ユフィの顔に熱が集まる。

それはディートハルトも同じだったようで、彼の顔がみるみる赤く染まった。触れられた頰に手を当てている。

「なんて可愛いことをするんだ……この邪魔な格子を無理やり折りたくなってしまう」

──あ、やっぱり邪魔だと思っていたのね。

そんな告白を聞けただけでも進歩かもしれない。

身体の奥に灯《とも》った熱はなかなか引かないが、ディートハルトとまた一歩近づけた気がした。少なくとも、大切にされているのだという実感がこみ上げてくる。

──もっと近づく方法を考えなくちゃ。

自分だけ我慢をしてしまう旦那様も一緒に気持ちよくなれる方法を見つけたい。

「……汗を流してくる。ユフィは、風邪をひかないようにガウンでも着ていなさい。私が出てきたらドレスを着るのを手伝おう」

立ち上がったディートハルトは、長椅子に置かれていたガウンを手に持ってユフィに渡した。これもまた格子越しだ。

「……ありがとうございます」

穏やかに微笑む眼差しには、先ほどまでの獣のような情欲が消えている。理性で打ち消したのだろう。

汗を流しに行くディートハルトの後ろ姿を見つめながら、ユフィはそっと息を吐いた。

「今夜はここまでのようね……」

脱がされたネグリジェを身に着けて、リボンを結ぶ。恐らくディートハルトは欲望を解放するために浴室に閉じこもり、水風呂でも浴びているのだろう。

いつも彼が浴室から戻ると何故か身体が冷えているから。身体を温めるわけではないらしい。

――欲望のまま激しく求めてもらえたらいいのに。

そうしないのはディートハルトの優しさからだ。ユフィへなるべく負担をかけたくないため、鋼の精神で理性を優先させている。

ユフィは少しでも彼に見合うように食べる量を増やして体力もつけているのだが、なかなか成果が表れてくれない。

壊しそうで怖いという気持ちは一体どうやったら消えてくれるのだろうか。

――私の前で性欲処理をしてくれる日もいずれ訪れるのかしら。

悶々とした気持ちを抱いたまま、ユフィは忘れずに鳥かごの鍵の鎖を首からかけたのだった。

◇◇◇

妃教育の一環として、ユフィは貴族の夫人を紹介されることになった。貴族間の交流も皇妃の務めとして重要な公務になる。

特に女性同士の繋がりは大事なことだが、今回は単純にディートハルトの計らいでユフィの話し相手を選んでくれたようだ。

宮殿の敷地から一歩も出ていなかったユフィにとって、年齢の近い貴族の女性と交流できたのはこれがはじめてだ。

ユフィ付きの侍女のフローラとハンナも行儀見習いで宮殿に上がっている貴族の女性ではあるが、対等に話せる相手ではない。特大の猫を被ったまま接している。

――本音を言える相手ってルーしかいなかったものね……きっとディー様はそんな私を

哀れに思ってくださったんだわ。

同性同士で話したいこともあるだろう、気が利かなくてすまなかったと謝罪をされたのだ。

雪国育ちで引きこもることに抵抗もないため、特に退屈を感じてはいなかったのだが。嫁いでから二ヶ月が経過して、そろそろ他の人間との交流を増やした方がいいと判断したらしい。

いきなりユフィに数名の女性を紹介したら疲れるだろうという気遣いから、今日のお茶会に招待されたのは一名のみ。

帝国の女性に多い茶色が混じった金髪に、美しい緑色の目をしたアンデルス侯爵夫人は、ユフィより三歳年上の二十一歳だ。

「はじめまして、妃殿下。クラウディアと申します」

おっとりした雰囲気の女性だ。少しふくよかで、癒《いや》し系な美女である。

――優しそうな女性でよかった。お友達になれるかしら……！

緊張と興奮を隠して、ユフィはお茶会に来てくれたことへの礼を述べる。

このような茶会を主催することははじめての経験のため、気を抜くとうまくもてなせるだろうかという緊張がせり上がってきそうだ。

ゆっくり深呼吸し、侍女が淹れてくれたお茶に口をつける。ほのかな甘味《あまみ》を感じられる茶葉は、先日取り寄せたばかりの貴重なハーブティーだ。時間が経つと色が変化する。

「まあ、美しいわ」

「お口に合うといいのですが」

「ええ、とてもおいしいです。アウラー地方の特産ですわね。あまり流通していないため、取り寄せるのが大変だと窺っていましたが。さすが妃殿下ですわ」

「ありがとうございます」

下手な謙遜はしない方がいいだろう。ユフィは無難に礼だけに留《とど》めた。

クラウディアの視線が扉の前で行儀よく座っているルーに向けられる。犬が苦手な女性もいるだろうと配慮し、ルーを別室に待機させるべきか悩んだのだが。

――クラウディア様は大丈夫そうかしら？　ミレスティアの神獣を一目でも見られた方がご利益がありそうと言われて、扉の前にいるよう頼んだのだけど。

聞き分けのいい神獣は、ユフィの頼みを理解していた。いくらルーが大人しくても、大型な犬が苦手な人間の方が多い。

だが、クラウディアの目は恐怖よりも好奇心の方が強かった。

「クラウディア様、よろしければ私の友人を紹介しても……」

「ええ、もちろんですわ」

その言葉を待っていたと言わんばかりに笑顔を向けられた。

ユフィは嬉しそうに微笑んで、背筋を伸ばして座っているルーを呼ぶ。

「ルー、こっちにおいで」

ユフィの声に反応したルーが、すくっと立ち上がった。

その足取りは、とても獰猛《どうもう》な獣とは言いがたい優美さがあった。

「まあぁ……」

クラウディアはキラキラした目でルーを見つめている。

そんな彼女を横目で窺いながら、ユフィはルーを隣に座らせた。

「ミレスティアの神獣のルスカです。年齢は私と同じ十八歳ですが、それ以上のことは正直わかりません」

「ミレスティア王家には神獣がいるとの話を聞いたことがありましたが、ルスカ様が妃殿下の神獣なのですね……とても神々しいわ」

「人間の言葉もわかるので、とても利口なのです。急に吠《ほ》えたり嚙《か》みついたりはしないので、安心してくださ い」

ルーの頭を撫でると、気持ちよさそうに目を閉じた。その様子を見て、クラウディアも撫でたそうにしている。

――きっと動物が好きなのね！　よかったわ。

どうやって会話を進めたらいいか悩んでいたが、ルーが間に入ってくれたら打ち解けられそうだ。

「よろしければクラウディア様も撫でてみますか？」

「よろしいのですか？」

「ええ、ぜひ。ルーも喜びます」

ユフィの声と共に、ルーが立ち上がりクラウディアの隣に座る。

大型の獣が隣に来てもクラウディアが怯《ひる》むことはなかった。目を輝かせて、ゆっくり顎の下に触れてから、頭を撫でている。

「すごく柔らかいわ……私、子供の頃にルスカ様のような大きな犬を飼っていたことがあるのです。懐かしい気持ちになりましたわ。とても穏やかでいい子でしたの」

「そうなのですね」

過去形ということは、今はもう亡くなっているのだろう。

普通の犬は、よほどのことがない限りルーのように二十年近く生きることは少ない。

存分に撫でまわした後、クラウディアからも緊張が抜けているようだった。先ほどよりも表情が柔らかくなっている。

ルーは二人の席の中央あたりでふせをした。ユフィたちの邪魔をしないようにするつもりらしい。

利口な親友に後でたくさん礼を言おうと決めて、ユフィとクラウディアは侍女が用意した濡《ぬ》れ布巾《ぶきん》で手を拭う。

焼き菓子を味わいながら話し始めると、少しずつ会話が弾んできた。

「私、ミレスティア王国には一度行ってみたいと思っていたのです。とても美しい自然に溢れていると聞いておりますわ」

「ありがとうございます。一年の半分くらいは雪に覆われていますが、夏は過ごしやすいですよ。避暑地として人気の美しい湖がありますし、帝国とは違った花も眺められるかと」

「まあ、美しい湖に植物も……本物の妖精が住んでいそうですわね」

「どうでしょう、私は見たことがないですが」

神獣が存在するのだから、妖精がいたとしてもおかしくないのかもしれない。

ユフィが知らないだけで、湖の近くにはいるのでは？　と思い始めていた。

「ミレスティア王国の男性も皆見目麗しいのですか？」

クラウディアの目が楽しそうに光っている。

ユフィは客観的な意見を述べることにした。

「外見的な特徴としては色素が薄くて、蜂蜜色のような薄い金髪をした者が多いですが、顔の造形はどうかしら。個人差があるかと。でも、私のお父様やお兄様は国内でも美男子として人気がありましたわ」

二人は既婚者のため次に人気なのはユフィの弟だが、彼はまだ十一歳だ。弟王子よりも、第一王女と騎士団に所属している第二王女の方が、人気が高いかもしれない。

「ミレスティアは女王が統治する国ですので、女性の方が発言力が強いのです。私のお父様は何度も諦めずにお母様に求愛のダンスを披露して……」

「求愛のダンス？　それはどのようなものなのでしょう」

帝国にはそのような文化がないことを思い出した。簡単に、男性が女性へ求婚をする際に求愛ダンスを披露するのが文化なのだと説明する。

「ここだけの話ですが、お母様は十回もお父様にやり直しをさせたのです。何度もめげずに求婚をしてくるお父様がいじらしくて愛おしくなったそうですわ」

「まあ……素晴らしいですわ。帝国では考えられない文化です……それほど殿方に求められて愛されるミレスティアの女性が羨ましいですわ」

「女性を大事にする男性が多いのは国民性と言えますね。男女ともに一途《いちず》ですし。もちろん女性も、男性へ愛を返します。互いに愛し、愛される関係です。言葉でも態度でも愛を伝えることが大事なので、特にキスが多いのも文化かもしれません」

恋人や夫婦間のキスは日常茶飯事だ。

ユフィの両親も、子供たちの前でキスをする。恥ずかしいことではなく、愛情表現だからだ。

自分たちはまだキスをしていなかったな、とユフィが静かに落ち込んでいると、クラウディアが少し照れたように頬を赤く染めていた。

「帝国の男性とは違いますのね……こちらでは、キスは特別なものなので日常的にする文化はないですわ」

その発言に、思わずユフィが目を丸くする。

「え？　キスは特別なのですか？」

「ええ、そうです。神聖な儀式と同じくらい特別な行為ですわ。特にはじめてのキスは、女性にとって大切なものですから、時と場所を選ばないと男性は嫌われてしまうかも」

「そうなのですか……！」

――全然知らなかった！

だからディートハルトはキスをしてこなかったのだ。特別な行為なのに、時と場所を選ばずにしてしまったら、ユフィに嫌われるかもしれないと思って。

――その前にお互い確認しないといけないわ……文化の違いってこういうことにも起こり得るなんて知らなかった……。

恥ずかしがって訊かなかった自分にも非があるが。

肌を重ねる前にもっと会話が必要なのだと気づいた。十分会話をしていたつもりだったが、知らないことの方が多い。

「あの、クラウディア様……ひとつ相談があるのですが」

「ええ、私でよければなんでも仰ってください」

思わず声が低くなる。

扉の付近で待機している侍女たちに聞こえないように声を潜めて、帝国の男性の結婚観について尋ねることにした。具体的には、夫婦の夜の営みについて。

「……奥手な殿方が多いのでしょうか」

思いもよらなかった質問を聞いて、クラウディアがぱちくりと目を瞬いた。ほんのり頬を赤くして、ユフィの問いに答える。

「奥手な殿方かどうかは人によると思いますが、私の周囲では聞いたことがありませんわ。奥ゆかしく従順な女性を好む男性が多いことは否定できませんが」

「あ、お姉様たちから聞いたことがありますわ。他国の男性は夫に従順で貞淑な女性を求めると」

そして姉王女たちが憤慨していたことも思い出す。女性に貞淑さを求めるくせに、男性は他所で子供を作っていたりするのだとか。妻を大事にしない男は去勢されてしまえばいいと言ったのは、どちらの姉の発言だったたか。

「私、陛下との距離を縮めたいのですが、あまりうまくいっているように思えなくて。陛下はお優しいので、私を壊すのではないかと思っているのですわ。積極的に触れてくださらないのです。でも私の方から触れてしまったら、帝国の男性から見るとはしたないって思われるのかと悩んでいましたの」

「まあ、そうだったのですね……確かに陛下は大柄な方ですから、妃殿下を気遣われるのも理解できます」

だが、妻が夫に触れることがいけないといったマナーはないらしい。

貞淑な妻を求められても、ときに妻が大胆になるべきだと思っている女性も多くいるそうだ。

時代は少しずつ変わっていると聞いて、ユフィはそっと胸をなでおろす。鳥かごの中での大胆さに、内心引かれていないかと思っていたのだ。

「そうなのですね、それを聞いて安心しました」

「お二人の仲がうまくいくことを願っておりますわ」

また悩み事や不安があればいつでも相談に乗ってくれると言われて、ユフィは心強い気持ちになった。

「ありがとうございます。ぜひまたいらしてください」

「次は我が家の料理長の特製のパイを持参しますわね」

クラウディアはルーの頭をふたたび存分に撫でてから退室した。

はじめてのお茶会はお悩み相談室のようになってしまったが、こういう会話ができる相手を得ることを目的としていたのだろう。恐らくクラウディアが選ばれたのも、口が堅くて信用できる女性だからに違いない。

「クラウディア様は優しい人だったね、ルー」

「クゥン」

ルーも機嫌良さそうに返事した。

今回のお茶会で得られた情報を使って、ユフィははじめてのキスを実現するべく計画を練る。

「積極的に触れる女性が嫌われることもないようだし、やっぱり演出って大事だと思うの。ディー様と二人で出かけられないか、尋ねてみようと思うわ」

「ワフ」

ルーの励ましを受けて、はじめてディートハルトと外に出られないか思案する。宮殿の敷地は広すぎて、まだ行ったことがない場所もたくさんあるのだ。

二人きりの逢瀬が可能な場所を探すため、早速敷地内の地図を探しに行くことにした。

◇◇◇

宮殿の敷地内にはユフィとディートハルトが住まう本殿の他に舞踏会が開かれる小宮殿

や、今は使われていない離宮と後宮など、いくつかの建物が存在する。それらは離れた場所にあるため、ユフィが目にしたことはない。

クラウディアとのお茶会から二日後。ユフィは思い切ってディートハルトに二人きりで外に出かけてみたいとおねだりをしてみた。

そして選ばれた場所が、馬で少し駆けた先にある小さな湖だ。この湖も敷地内にあるため最低限の護衛だけで移動が許されるようだ。

ユフィは動きやすい乗馬服と帽子をかぶり、一番大人しそうな馬に乗っていた。

「大丈夫か、やはり馬車で行った方がいいのでは」

「平気ですわ、陛下。乗馬は得意ですから」

ディートハルトが不安そうにしている。その表情はまるで我が子がはじめて無茶をするときに見せる親の顔だ。

元気で丈夫なのだと認めてもらうためにも、活発なところを見せておいた方がいいだろう。ディートハルトが心配するほどユフィはか弱くないのだと。

――馬に乗れるのは久しぶりだわ！

ミレスティアの王族は全員馬に乗れる。ユフィのすぐ下の妹姫は馬に乗ったまま弓を引くこともできる。残念ながらユフィに弓の才能はないが、遠乗りするくらい問題ない。

ユフィははじめて厩舎《きゅうしゃ》に入り、自ら一番相性がよさそうな馬を選んだ。今ユフィが乗っているのは若い馬だが、気性が穏やかですぐに懐いてくれた。

今日は雲ひとつない青空で、気温もちょうどよくて過ごしやすい。日差しが強くなったら日傘もほしいところだが、帽子をかぶっているので問題ないだろう。

ディートハルトは不安な顔をしたまま愛馬に跨《また》がった。

颯爽《さっそう》と青鹿毛《あおかげ》の馬に乗った姿を見て、ユフィはほうっと見惚《みと》れてしまった。雄々しく美しい馬に堂々と跨るディートハルトはとても凜々しくてかっこいい。

――すごく頼もしいわ……素敵！

立派な体格の馬とディートハルトの組み合わせがなんとも絵になる。遠乗りをするわけでもないため軽装なのがまたいいところだ。

「ユフィが馬に乗れないなら、私の馬に乗せるのもいいかと思ったのだが」

「……っ！」

――ええー！　その方が素敵だったかもしれないわ……！

二人乗りができた方が密着できたはずだ。

ひとりで乗馬ができて活発なのだと見せるよりも、ディートハルトに甘えて二人乗りで湖まで行けた方が甘い時間を過ごせたのでは。

「……次の機会にぜひお願いしますわ」

ユフィは内心涙を流しながら、彼に微笑んで見せた。

すぐ近くだからということで、特別に護衛なしで楽しむことが許された。なにかあっても、ディートハルトが帯剣しているため問題ない。

ちなみにルーは空気を読んでついてこなかった。一応一声かけたのだが、尻尾を軽く振っただけで応援されてしまった。

ディートハルトがゆっくり馬を走らせる。彼の後ろを一定の距離を保って、ユフィもついて行った。

十五分ほど走らせた先に湖が見えてくる。

緑が多く一見森の中に見えるが、きちんと人の手が入った自然公園のような場所だ。

「疲れていないか、ユフィ」

馬から降りたディートハルトがユフィを気遣った。

ユフィも颯爽と馬から降りて、乗せてくれた馬の頭を撫でる。

「はい、まったく問題ないですわ。とても気持ちのいい場所ですね」

「そうだな、ここはよく皇族の憩いの場所としても使われている。あそこに四阿《あずまや》が建てられているのもそういう理由だ」

湖が見える場所に四阿があった。

ユフィはなるほど、と頷く。

今日は長めの昼食時間を取って、ピクニックに来たのだ。四阿の中で食べてもいいが、それだと少し味気ない。

「ディー様、このあたりに座りましょうか」

木陰になっている場所を指差して、ユフィは荷物を取り出す。

「ああ、そうだな。ここに敷物を敷こうか」

彼はユフィの荷物から敷物を手に取り、慣れた手つきで準備を始めた。給仕などをしたことはないはずだが、野営で慣れているのだろう。

ディートハルトの荷物の中には、お昼ごはんやカトラリーが入っている。当然ながら彼の荷物の方が多い。

飲み物しか入っていない荷物を置いて、ユフィは敷物の上に乗った。

ミレスティアにも湖があるが、こんな風にピクニックをしたことはない。

「ディー様、私も手伝いを」

「ん？　ああ、大丈夫だ。ユフィは座って待っててくれ。すぐに用意ができるから」

食べやすい昼食をバスケットの中に詰め込んでもらったのだ。

バスケットの中には皿が二枚と、具沢山のサンドイッチにキッシュが二切れ。デザートには一口に切られた果実が入っている。

「おいしそう……」

「そうだな、外で食べる食事はうまい」

同意しかない。

いつも食べている食事も、こうして場所が変わって食べると新鮮に感じられる。

ディートハルトがキッシュをひと切れずつ皿に盛って、ユフィにフォークを渡した。

「ありがとうございます」

ユフィも果実水をカップに注ぐ。爽やかな檸檬《れもん》とハーブが入っており、すっきりした清涼感があった。

「こちらに飲み物を置いておきますね」

「ああ、ありがとう。ではいただこうか」

二人で向かい合わせになりながら、料理長自慢のキッシュを頬張《ほおば》る。まだ温かい。

「おいしい……毎日でも外で食べたくなりますね」

「だがユフィはあまり日差しが得意ではないだろう。これから本格的に夏が来ると、少々厳しいだろうな」

「この国の夏をはじめて経験するので、少々不安ではありますが……過ごしやすい日なら、またディー様と二人で馬を駆けてここに来たいですわ」

「もちろんだ」

穏やかに笑ってくれることがくすぐったくて嬉しい。

ディートハルトはあっという間にキッシュを食べ終えて、食べ応えのあるサンドイッチにかぶりついていた。

ユフィも己のサンドイッチをバスケットから取り出す。ユフィ用には食べやすい大きさに切られている。そんな料理長の心遣いもありがたい。

「しかし驚いた、ユフィも馬に乗れるんだな。ミレスティアの王族は皆馬に乗れるのか？」

「はい、乗れますよ。お姉様たちは馬に乗ったまま剣を扱えますし、妹は弓が得意です」

「すごいな、それははじめて聞いた。雪の妖精は思っていた以上に勇敢だな」

「ありがとうございます。自分の身は自分で守るようにと、お母様がよく言っていたものなので」

「なるほど、女王の教育方針か。それならユフィもなにか武器が操れるのか？」

「残念ながらこれといったものは……」

姉妹のように剣や槍術《そうじゅつ》が得意でも、弓が扱えるわけでもない。

一通り試してみたが、ユフィには向かなかった。

「仕方ないので、お母様からナイフ投げと鞭を扱えるようにと伝授してもらったくらいです」

「鞭か……意外な組み合わせだが……、うん、悪くない」

なにがだろう？　という疑問は飲み込んだ。

鞭は手足のように扱えるようになれば、とても優れた武器なのだ。

――って、そんな色気のない話題をしたくてここまで来たんじゃなかったわ！

今日の目的は、綺麗な湖を眺めながらはじめてのキスをすること。

クラウディアとの話から、雰囲気作りも重要なのだと気づいたのだ。

そして人目を気にせず、気持ちが開放的になれた方がいいだろうという理由で外を選んだ。

鳥かごの部屋では開放的というより、倒錯的な気持ちにさせられるためキスに至らないのではないかと思っている。

――本当は歯を磨いておきたいところだけど、仕方ないわ……。

食後のデザートを食べておこう。少しは爽やかな香りが出るかもしれない。

心地いい風が頬を撫でる。眠気を誘う風だ。

「腹が膨れると眠くなってくるな……昼寝がしたかったら遠慮せずに寝ていいぞ。まだ時間は残っている」

「え、ありがとうございます。ディー様も私に気にせず、横になって休んでくださいね」

ユフィは寝てしまいたい気持ちよりも、唇を奪いたい気持ちの方が強い。

――ディー様が眠る前にちょっとだけ……いえ、逆に眠ってしまった方がキスしやすいのでは？　まさしく目覚めのキスというやつだわ！

立場が逆な気もするが、この際どっちでもいい。ユフィがディートハルトの唇を奪いたいと思っているのだから。

彼が長めのお昼休憩を取るために、一時間早く仕事を始めているのを知っている。今朝は朝食時間が合わなかったのだ。

我がままを言ってしまったかと思ったが、侍女たちにこのくらいの我がままを叶えられない皇帝ではないと励まされた。妻からのおねだりを喜んでいるはずだとも。

ディートハルトは頭の後ろで手を組んで、仰向《あおむ》けになった。

その体勢だと彼の盛り上がった筋肉が強調されて見えて、ユフィの心臓がドクンと跳ねる。

男性の逞しい肉体には随分慣れたと思っていたが、よく考えるとディートハルトの裸体を見たわけではなかった。

いつも鳥かごの中で乱されるのはユフィだけ。そのことが少し恥ずかしくて、悔しい。

「ディー様」

ユフィは静かに彼の名前を呼んで、距離を詰めた。

ディートハルトが柔らかな表情を浮かべる。

眠気が混じる声で、ユフィを手招いた。

「ユフィ、おいで」

「……っ！」

おいでと言われた直後、ユフィの手首はディートハルトに握られていた。

グイッと身体が引き寄せられて、彼の隣に寝そべってしまう。

——ディー様、少し寝ぼけて……る？　今までこんな風に起きているときに密着したことなんてなかったもの！

食べた直後に横になるのは消化不良になるらしいが、今はどうでもいい。

ユフィはディートハルトの胸に顔を埋めて、彼の体温や香りを存分に堪能することにした。

日差しは温かいが、木陰に入ると涼しい。彼の温《ぬく》もりに密着しているとちょうどよくなった。

肩を抱き寄せられている。恋愛小説でしか知らなかった恋人同士の甘い昼寝時間を堪能しているのだと思うと、ユフィの胸がそわそわして落ち着かない。

——どうしよう、ドキドキが伝わっちゃう……。

ディートハルトはユフィを抱き寄せたまま眠ってしまったらしい。彼から規則的な寝息が聞こえてきた。

彼の寝顔をそっと見つめて思案する。

——私から抱きしめてもいいかしら……ちょっとくらいいいわよね。こんな機会は次にいつ来るかわからないのだし……わぁ、すごい。やっぱり逞しいわ……！

そっと片腕を彼の腹部に回してみたが、ユフィでは抱きしめられない。まるで大木にしがみついているような状態だ。

至近距離からディートハルトの横顔をじっくり眺める。一見険しそうに見えるが、端整な顔立ちをしている。ユフィに微笑みかけてくるときは眉間の皺《しわ》も消えていて、穏やかな表情になるのだ。

漆黒の髪は力強さを感じさせて、紫色の瞳は思慮深さを思わせる。日に焼けた肌も健康的で、とても凜々しい。

ミレスティアではどんなに鍛えた武人でも、ディートハルトのような逞しさを感じられなかった。恐らく筋肉がつきにくいのだろう。

――ディー様は寝顔も素敵だわ……。

だがユフィに見せる優しい顔だけがディートハルトの本質ではないだろう。なにせ即位してから数年で帝国を安定させたのだから。

――国を治めるって、綺麗ごとだけではないものね……。ディー様が厳しくて冷酷な一面を持っていることもわかっているわ。

それでもユフィにはこうして安らかな寝顔を見せてくれることが嬉しい。気を許している相手ではないと見られないからだ。

皇帝なら数人妻を娶ることもできるのに、ディートハルトはユフィだけを望んでくれた。これからも妻はひとりきりなのだと。

そのためには、世継ぎを最低ひとり産まなくてはいけない。子沢山で有名なミレスティアの姫を娶るというのはそういうことを望まれているのだ。

今すぐ子供がほしいわけではないが、できるだけ早い懐妊が望ましいだろう。

でも、今はもう少し、こうして二人きりの時間を過ごしていたい。

「ディー様……」

ユフィは恋焦がれるような気持ちで、そっとディートハルトの頬にキスをした。

触れるだけのキスですぐに離れるつもりだったが、その瞬間ディートハルトは目を覚ました。

「……っ！」

「ユフィ……」

眠り姫のように起きてしまった。

いや、眠れる獅子《しし》を起こしてしまった。

ディートハルトの目の奥に熱が灯った。チリチリとした情欲の焔が揺れている。

先ほどよりも甘く低い声で囁いて、起き上がろうとしたユフィの腰をグイッと抱き寄せた。

「キャ……ッ」

「ああ、すまない。つい眠ってしまったようだ。私が寝ていたから悪戯がしたかったのか？　それとも、もっと触れてほしくなったのか」

ユフィの身体がディートハルトの上に乗っかった。

重さなど感じていないようだ。くつくつと喉奥で笑いながら、ユフィの頭を撫でてくる。その手つきにどこか懐かしさを感じつつも、ユフィは顔に熱が上るのを隠せずにいた。

「……わ、私が……ディー様に触りたくなったのです」

「そうか。どこに触れたい？」

ディートハルトがユフィの手を握ってきた。

ユフィの手は彼の手の半分ほどしかない。すっぽり包まれてしまうと身動きが取れなくなる。

剣を握る手だ。硬くて大きくてざらざらしていて、自分のひ弱な手とまるで違う。そしてこの手で多くのものを守れるし、奪うこともできる。

一見恐怖を抱きそうだが、ユフィはディートハルトの手が好きだ。

――決して私を傷つけないってわかっているもの。

握られていない方の手で、ユフィはスッと彼の唇をなぞった。

「ディー様の唇に……クラウディア様から聞きましたわ。帝国の方にとって、唇を合わせるキスは神聖なものなのだと。特別なときにしかしないから、私にキスをしてくださらないのですか？」

「……私にユフィの唇を奪う権利を与えてくれるのか？」

「もちろんです」

「恋人同士ですら唇を合わせることはない。生涯愛すると誓った伴侶としか、キスはしないのが一般的だ」

そこまで重いとは思わなかった。

ユフィは僅かに目を瞠《みは》ったが、すぐにディートハルトに微笑んだ。

「ディー様以外には考えられません」

「それはよかった……私もユフィ以外とは考えられない」

腹筋の力を使い、ディートハルトが身を起こした。ユフィを乗せたまま身体を起こすなど、すごい力技だ。

胡坐《あぐら》をかいた上に座らされて、正面から向き合う。

今からキスをするのだと思うと、鼓膜にまで胸の鼓動が響いてきそうだ。

「ユフィ、目を閉じて」

「はい……」

少し掠れた重低音がユフィの鼓膜をくすぐった。

瞼《まぶた》を閉じた数瞬後、ユフィの唇に柔らかな感触が伝わってくる。

彼の手とはまるで違う感触。思いのほかの柔らかさに、思わず目を開けそうになった。

ゆっくりと触れ合うだけのキスを数秒。温もりが離れて行くのが寂しくなる。

「……ユフィ、そんな顔で見つめられるのは困る」

「だって、もっとほしいんですもの。ディー様の温もりを感じたいのです」

きっと耳まで熱いだろう。もう少しだけ彼の唇を味わいたい。

ミレスティアの男女は日常的にキスをする。恋人同士だってキスをするのが当然だった。

だが、帝国のように一生の愛を誓った相手としかできないキスは、確かに特別なキスに感じられた。

「そうか、よかった。私もまだまだユフィを味わいたい」

ディートハルトの吐息が間近で感じられる距離で、ユフィはふたたび目を閉じた。一度目より彼の唇が熱く感じられる。

後頭部に手を回されて、唇が合わさる角度が変わった。

薄っすらと唇の隙間が開いた瞬間、ディートハルトの舌がユフィの口内に侵入する。

「……ンッ！」

これはユフィの胸をおいしく食べていた舌だ。

少しざらざらしていて、ユフィのものよりも肉厚だ。

ユフィの縮こまっている舌を暴くように彼の舌が絡めてくる。歯列を割られて頰の内側もくまなく舐められて、逃げる場所などどこにもない。

——こんな、まさかいきなりディー様の舌が……！

息が苦しい。どうやって呼吸をしたらいいのかわからない。

口内にたまった唾液も一体どちらのものなのか。酸素不足で頭がくらくらしてきそうだ。

「……ユフィ、ちゃんと鼻で呼吸して」

「ンゥ……、はぁ……」

すう、と鼻で呼吸をすると、ディートハルトが良くできたと言うように優しく後頭部を撫でた。

褒められたようで嬉しくなるが、ここで終わるわけではないらしい。

ふたたび舌が絡められて、強く吸われた。

ビリビリとした電流が背筋を駆けて、強すぎる刺激に身を震わせる。

——はぁ、なんか流されそう……！

吹雪や強風にあおられているような気分だ。ディートハルトの激しすぎる熱に飲み込まれてしまいそう。

口の端から飲みきれなかった唾液が零れるが、彼の指がそっと拭った。

「ユフィ」

キスをされる前より数倍甘い声で名前を呼ばれた。

ユフィはぼうっと熱を帯びた目をディートハルトに向ける。彼の目もしっとりと濡れていた。

「可愛い……少し夢中になってしまった」

そう言いながら、ユフィの目の前で親指を舐めた。先ほど唾液を拭った指だと気づくと、何故だか恥ずかしさがこみ上げてくる。

――な、なんだろう……すごく淫靡だったわ……！

ここは鳥かごのある部屋ではないのに、ディートハルトが積極的だったのが意外だったのかもしれない。

明るい空の下で交わしたはじめてのキスは、思いのほか激しかった。

「ディー様……初心者ではありませんよね？」

「いや、私のはじめてのキスは今ユフィに捧《ささ》げたばかりだが」

――絶対嘘よ！

ディートハルトの言葉は無条件で信じたいが、これほど翻弄されて初心者だと言われても信じられなかった。

第四章

「夏のお祭り、ですか？」

ディートハルトと二人きりで湖に行った翌日。ユフィは昼食の席で、近々伝統的な夏祭りが開催される予定なのだと聞かされていた。

「ああ、そうだ。まだ本格的な夏ではないが、毎年一年でもっとも日が長い夏至に、夏至祭を行っている。朝から夜まで、皇都だけではなく各地でお祭りが開かれるんだ。皇都にも大勢人が集まる。その日に、皇妃のお披露目《ひろめ》を行うと思っている」

「え、私のお披露目……！」

「緊張しなくていい。ユフィがなにかをする必要はないが、皆の前に顔を出して手を振ってほしいと思っている。君が嫁いできて二ヶ月が経過したし、そろそろいい時期かと思うんだが、どうだろうか」

これは皇妃としてはじめての公務となる。

今まではまだユフィが帝国に慣れていないだろうという計らいもあり、国民へのお披露目を延期にしていたのだ。

　夏至祭に大勢の人が集まるなら、確かにちょうどいい時期だろう。なにか演説をしなくてはいけないなら責任重大だが、笑顔で手を振るだけでいいのであればあまり気負わなくてもよさそうだ。

「はい、頑張りますわ。笑顔で手を振ればいいのでしたら、慣れていますし。大丈夫かと思います」

「ミレスティアでもよく祭りはあったのか？」

「そうですね、大きなお祭りは年に二回あります。雪が解け始めた頃に春の訪れを祝うお祭りと、秋の恵みに感謝する豊穣《ほうじょう》祭。あと夏にも各地でお祭りがありますが、春と秋ほど大きな催しではないですね」

「そうか。ミレスティアの王家も祭りに参加するのか？」

「ええ、民と混ざって歌って踊りますわ。歌と踊りは国民性かもしれません」

「楽しそうだな」

　一年の半分が雪で覆われている国だからこそ、雪解けが待ち遠しい。活動的に動ける時期が来ると、誰もが笑顔で春の喜びを分かち合う。

　そして春は若い男女の恋が実る季節でもある。すなわち、男性が女性へ求愛ダンスを贈るのも、春の祭りの一大イベントとなっている。

ちなみに春に実らなかった恋は、次の豊穣祭まで持ち越しになることが多い。

――私も春になってから輿入れしているわね。やっぱり春って恋の季節なんだわ。

姉王女二人が恋を実らせたのも春だったと思い出していると、ディートハルトが夏至祭の説明を始めた。

「帝国の祭りは夜通し行われるが、さすがに夜まで参加することはない。時間ごとに違う催しがあるから楽しめるだろうが、疲れるからな」

「陛下はいつも夜中まで参加されているのですか？」

「あまり長居はしたくないのだがな。日が暮れると、もはや宴会状態だ。酔っ払いが増えるから、ユフィは近づかないように」

その口調はまるで保護者のようだ。

――はい、お父様。って言ったら、ディー様は微妙な顔をしそうね。

想像すると少し楽しいが、心の中に留めておく。

彼が心配してくれるのは素直に嬉しい。

ミレスティアの王家は皆酒豪ばかりだが、それもユフィは黙っておくことにした。飲めないのだと思われている方が安全である。

ユフィ付の侍女が空になったカップに紅茶を注ぐ。

すっきりとした後味のいい紅茶は、ユフィのお気に入りの茶葉だ。

「ずっと陛下のお傍におりますから、危険なことなどありませんわ」

「そうだな、私の傍にいたらいい」

帝国一の剣の腕を持つディートハルトを傷つけられる者はいないだろう。

柔らかい笑顔で見つめ合う二人を、ユフィの侍女とディートハルトの側近が生温かい眼差しで見守っていることに二人は気づいていない。

側近のエヴァンが、少しわざとらしく咳払いをした。

「陛下、妃殿下に衣装合わせの件もお伝えしませんと」

「衣装合わせ？」

「ああ、そうだったな。忘れるところだった。昼食後、別室で衣装合わせをしてほしい。夏至祭用の伝統的な衣装があるんだが、多少手直しが必要だろう」

――きっと裾を引きずらないように調整するのね。

「わかりましたわ。陛下も衣装直しをされるのですか？」

「いや、私は毎年着ているから特に直す必要はないな。皇妃の衣装はあらかじめ新調しておいたから、少しの直しで問題ないはずだ」

なるほど、とユフィは頷いた。

――どんな衣装かしら、楽しみだわ。

祭りの高揚感と、少しの緊張感が混ざり合う。果たして帝国の民たちはユフィを好意的に迎えてくれるだろうか。

　婚姻式のときは大々的なパレードなどはなかった。遠いミレスティアから帝国に嫁ぐというのは滅多にないことであり、奇異な目で見られる可能性もあったからだ。

　国の慶事を国民が祝ったのかも、ユフィにはわからない。だがありがたいことに、ユフィがすれ違った人間から敵意のような眼差しを向けられたことは一度もなかった。

　——怖気づくより楽しまなくちゃ。ルーの存在は目立つから、お祭りには連れていけないかもしれないけど。

　今もルーはユフィの足元で寝そべっている。

　物静かで人の言葉を理解する賢いモフモフとして、宮殿内でも人気が高いことを本人は気づいていなさそうだ。

　侍女たちがルーを見つめる眼差しはいつも優しい。

「陛下、そろそろお時間です」

「ああ、もう休憩時間が終わりか。いつも早いな……それではユフィ、また後で」

「はい、また今夜」

　夕食の時間が合えば一緒に食べられるだろう。その後は、最近の日常である秘密の部屋での逢瀬を楽しむ予定だ。

　ディートハルトが頷く。ユフィの頭をポンとひと撫でし、「行ってくる」と席を立った。

ユフィにだけ見せた微笑みを直視してしまい、頬に熱が集まりそうになる。

――はぁ、好き……！　かっこいい……！

一体何度彼の微笑に悶《もだ》えそうになったことだろう。重低音の美声で愛称を呼ばれるたびに、胸の奥がキュンキュンする。

まだ半分ほど残っている紅茶を味わいながら、ユフィは昨日の逢瀬を思い出す。

キスをしてから、確実に二人の心の距離は縮まった。

昨晩もユフィが鳥かごの中にいるときに、ずっと求めていたキスをしてくれたのだ。ささやかな一歩かもしれないが、確実に前進している。

――大事な愛情表現だし、できれば毎日たくさんしたいけど……、まだ我慢しなきゃ。

一日に一回してくれるだけでも、すごいことだもの。

今日のキスは夜までおあずけだろうか。

二人きりになれる時間が限られているのだから、さすがのユフィも人前でねだることはできない。

――やっぱり、部屋が別々って不便よねぇ……。

いつもユフィの私室にまで送り届けられるとき、このまま自分の部屋に連れ込んでしまいたい衝動に駆られる。我がままを言えば、ディートハルトはきっとユフィの望み通りに叶えてくれるだろう。

しかし彼は鳥かご越し以外でユフィに性的な触れ合いをしてこないため、自分の部屋に連れ込んでも特に進展はないかもしれない。

早く次の一手がほしい。

衣装合わせをしている最中も、ユフィの頭はディートハルトのことでいっぱいだった。

◇◇◇

夕食後、ユフィはふたたびディートハルトの秘密の部屋にいた。

この部屋に足を踏み入れるたびに、部屋の装飾が増えている気がする。

——あんなところに鏡なんてなかった気がするわ……とても美しい細工が施されている。それもディートハルトが選んだものなのだろう。この部屋の調度品はすべて彼の趣味で選ばれたものだから。

見覚えのないドレスや夜着が飾られているのも、彼の趣味なのだ。どんな過激な衣装かと思いきや、少女趣味のようなフリルやレースがふんだんに使われた甘い意匠が多くて、大人っぽさを演出したい年頃のユフィの趣味とは微妙に違うが。

——私用に用意されるドレスとはまた違うから、確実にディー様が好きなものなのよね。少々可愛すぎるが、それを着たら喜ばれそうだ。

少しずつ物が増えていく部屋を眺めながら、ユフィは鳥かごに自ら入る。

そしてすっかり定位置となった場所でディートハルトを見つめて、名を呼んだ。

「ディー様」

彼が座る位置も決まっている。ディートハルトが座る場所には、ふかふかのクッションが敷かれるようになっていた。床の上で胡坐をかくよりは負担がないだろう。

ディートハルトがユフィの手を引き寄せて、きめの細かい彼女の手の甲にキスをした。

まるで愛撫《あいぶ》の合図のように、音を立てて唇を放す。

「今日はどうだった？　衣装直しは問題なかったか」

手のひらにキスをするディートハルトを見下ろしながら、ユフィは「はい」と答えた。

「少し裾が長かったですが、さほど問題はないかと。白地に金糸の刺繡がすごく素敵な衣装でしたわ」

「気に入ったようでよかった」

「ただちょっと……肌の露出が多めかと」

今まで一年の半分は首元まで覆われたドレスを身に着けており、夏になっても露出は控えめだった。多少ドレスの生地が薄くなって汗を吸収しやすいものに変わっても、腕を出したり、胸元が大きく開いたドレスは着ていない。

——帝国の夏は露出を多めにしないといけないほど、暑くなるのかしら。

ユフィにとってはすでに夏の日差しを感じているが、帝国の人間にとってはまだまだ序の口なのかもしれない。

「そうだな、夏至祭は太陽神を崇《あが》める祭りでもあるから、暑すぎないよう肌の露出は多いかもしれない。だがユフィには抵抗があるようなら、ショールかなにかを羽織れるようにしよう。私たちが姿を見せるときはまだ日差しは強くないと思うが」

「ありがとうございます。では、万が一日差しが強すぎたらなにか対策を取れるように考えておきますわ」

ディートハルトにだけ肌を見られるのと、不特定多数の人間に見られるのとでは違う。今まで身体の線が出るような薄手の生地で人前に出たことがなかったため、衣装合わせのときは三回ほど、本当にこれを着るのかと確認したくらいだ。

――まあ、一度着てしまえば慣れてしまうのだろうけど……国民も同じように露出の多い服装なら、恥ずかしくはないのかもしれないわ。

太陽神を信仰する帝国と、月の女神を信仰するミレスティアでは宗教観が違うが、今のところ大きく戸惑うことはなかった。

「ああ、気になることがあったら私に遠慮なく言ってほしい。ユフィが我慢することがないよう、手を打っておこう」

ディートハルトがユフィの手を握りしめた。すぐに指を絡められる。

手を繋ぐことも、触れられることにも随分慣れた。こうして指を絡めた繋ぎ方は、手の大きさがあるためユフィから握り返すことは難しい。だが密着している分、より愛情が伝わる握り方だと思う。

「……ユフィ、触れていいか？」

「はい、もちろんです。たくさん私に触れてください……」

紫色の目が甘い熱を宿した。

とろりとした視線で見つめられて、ユフィの鼓動がトクトクと速まる。

自由な手でユフィに触れる手つきは優しい。まるで存在を確かめるように首から肩の丸み、華奢な鎖骨をなぞってくる。

こんな風に積極的に触れてくるのは、やはりユフィが鳥かごに守られているからかもしれない。

――急には変われないものね……せっかく外でキスまでできたのに、私に触れるのはいつもこの場所だけ。

この秘密の部屋にはディートハルトとユフィの二人しかいない。ルーもユフィの部屋で留守番をしている。

誰の目も気にせず触れ合うことができるのに、ディートハルトは頑なに鳥かごに入ったユフィにしか触れてこようとしない。

こうして自ら触れてくるのだから不満があるわけではないが……。

――いいえ、やっぱり不満はあるわ。

鳥かご越しではないディートハルトに触れてもらいたい。今のままでは抱きしめてもらうこともできないではないか。

確実に二人の関係は前進していると言えるのに、実は最初の地点から留まっているのではないかという気持ちになる。

――きっと私が誘惑するようなネグリジェを着ているのも、ディー様の理性を揺さぶっているのよね……。

扇情的なネグリジェを着ていることが彼の理性にブレーキをかけている要因なのかもしれないが、雰囲気作りは大事だ。

ユフィはもっとディートハルトに欲情してもらいたい。

蕩《とろ》けるような眼差しで見つめてもらいたいし、我慢ができないと言いながら互いの理性を捨てて、一歩二歩どころか十歩くらい前進したい。

一体いつになったら蜜月を迎えられるのだ。ユフィは姉王女たちから花嫁教育として初夜の心得をいくつも教えてもらったのに、ほとんど実践できていないでいる。

だが、旦那様を誘惑する方法はあくまでも一例にすぎない。

ユフィが誘惑したい相手をつぶさに観察して、ディートハルトの好みの女性にならなければ意味がないのだ。

「ユフィ……キスをしてもいいだろうか」

「……はい、ディー様」

頬に手を添えられる。

そっと上を向いた状態で、ユフィはディートハルトの口づけを受け入れていた。……格子が邪魔だなぁ、と感じながら。

――でも格子を握って体重を支えることもできるし、倒れる心配もないし。ちょっと顔が当たるけど……角度を考えないと難しいけれど！

これはこれで、慣れたらうまくキスを交わせるようになるはずだ。

できれば他の場所でまともなキスがしたいところだが、ユフィは己の願望をそっと遠くへ追いやることにした。

「ん……っ」

くちゅり、と唾液音が響く。

ディートハルトの舌がユフィの下唇をスッと撫でる。まるでそれが合図のように、ユフィは薄く唇を開いた。

彼の意図を正しく汲《く》み取《と》れたらしい。小さく微笑んだ気配がする。

触れ合うだけのキスはすぐに深いものに変わり、ディートハルトの熱が分け与えられる。

ぞくりとした震えは羞恥からか、期待からか。

——深いキスをされると、すぐにお腹の中が熱くなっちゃう。

角度を変えながら口内を攻め入れられる。逃げようとする舌を容赦なく絡ませて、互いの唾液が混ざり合う。

ただ本音を言うと、格子の隙間からキスをする技術を身に着けるってどうなのだろうと思ってしまう。あまり役に立たない特技になりそうだ。

「はぁ……ん……っ」

口づけられながら首筋を撫でられる。

皮膚が薄いのだろう。首筋が敏感なのだと知ったのは最近のことだ。

自分の性感帯がどこなのかなんて今まで考えたこともなかったが、ディートハルトに触れられるとすべてが感じやすくなりそうだ。

ぞくぞくとした震えが止まらなくなる。

「ディー様……」

「……昼間のユフィも可愛いが、夜のユフィも愛らしい」

今日も彼は欲望を堪えている。股間をこんもり膨らませているので間違いない。

——もう一歩、大きく前進してもいいかもしれないわ。

ディートハルトの熱が離れていく。唾液で濡れた唇が艶めかしく映った。

自分の唇も彼と同じように赤く腫れているのだろうか。身体の奥がうずうずとした切なさを訴える。

受け身なだけではダメだ。

ユフィは鳥かごの鍵を首にかけたまま、思い切って外に出ることにした。

「ユフィ？」

途端にディートハルトがユフィと距離を取る。

ネグリジェ一枚を纏っただけの扇情的な恰好《かっこう》で傍に来たら、ユフィの貞操が危ないと思っていることが伝わってきた。

――ここはまた違う趣向を凝らすべきだわ。

「ディー様、お願いがありますわ」

「む、なんだ……？」

「私が普段見ている景色をディー様にも見ていただきたいのです。今夜は私が外に出ていますから、ディー様が鳥かごにお入りになってほしいのですわ」

「私が鳥かごに……？」

「はい、私ばかりが入っていたら不公平でしょう？　ディー様にも中から見る景色がどんな感じか堪能してほしいのです」

「やはり本当は鳥かごの中に入るのが嫌だったのか」

「そんなことは申していません。嫌なことがあったらすぐにお伝えしていますわ」

ユフィが間合いを詰めてディートハルトに近づく。

彼は僅かにたじろぎ、口元を手で覆った。

ユフィから視線を逸らして「わ、わかった」と受け入れる。

あまりイジメるのもかわいそうかもしれない。ユフィは一定距離を保ったままディートハルトが鳥かごに入っていくのをじっと見守ることにした。

「扉はどうする」

「鍵は閉めませんわ、ご安心ください。閉じ込めたいわけではないですもの」

これは自由な鳥かごだ。閉じ込めるためのものではない。

ディートハルトは居心地が悪そうに、寝心地のいいマットレスの硬さを確かめている。

ふかふかなクッションはフリルがたっぷりついた可愛らしいものだ。

屈強な身体と険しい目つきをした皇帝が、まさかこのようなことをしているとは誰も思うまい。側近のエヴァンを除いて。

見た目は少々厳つくても、出会った当初からディートハルトはユフィにとても優しいのだ。いつも気遣ってくれるし、愛情だって不器用ながらも伝えてくれる。

だが、ユフィはまだ満足できない。

「ディー様、次は私の手を好きに扱ってくださいませ」

「なに？　ユフィの手を……」

ユフィは隙間に自分の腕を差し込んだ。

当初、なかなか触れようとしないディートハルトの手を使って、無理やり自分に触れさせたのだ。

その逆をしようとしているのだと気づき、彼の顔がみるみる赤くなっていく。

「好きにだなんて、そんなことを軽々しく言ってはいけない」

「私たちは夫婦ですのよ。先ほどはディー様が私の手に触れただけで、私がディー様に触れたわけではないですわ。私にたくさん触れてくださるから、私もディー様にたくさん触れてお返しをしたいのです。ディー様はどこを触れられるのが好きなのか、もっとどうしてほしいのか。教えてくださいませ」

鳥かごにしなだれるように身体を摺《す》り寄せると、ディートハルトの肩が揺れた。

ここは上目遣いでじっと見つめる場面だ。効果的な恋の駆け引きで、ここぞというときに上目遣いって書かれていたのを思い出す。

「ディー様……」

そっと腕を差し込んでディートハルトの胸元に触れると、彼が息を呑んだのが伝わってきた。

布越しでも十分彼の身体が熱く火照っているのがわかる。

「ユフィ……私を嫌わないと、約束してくれるか」

「もちろんですわ。痛いことは嫌ですけど、それ以外ならなんでも遠慮しないでくださいませ」

そう言いつつ、ディートハルトがなにを求めているのかわかっていないが。ユフィが嫌がることはしないと信じられるから、彼の好きにさせたいと思う。

「そうか、ありがとう。ユフィに拒絶されたら生きていけなくなるところだった。それを聞いて安心した。それと、ユフィを傷つけることは絶対にしないから安心していい」

「私はもうとっくにディー様を信用していますわ」

布越しで触れる肌をまさぐりたいのを堪えながら、ユフィはしっかり頷いた。

ディートハルトはユフィの手を取り、自身の昂《たかぶ》りへ導いていく。

「……ここに触れても、怖くないか？」

こんもりと膨らんだ股間に触れるのははじめてだ。

ユフィははっきり「怖くないですわ」と頷いた。

恐怖心よりも好奇心の方が強い。

——ディー様が私に急所を触れさせてくれるなんて……！　これは信頼と愛情がないとできない行為だわ。男性の急所ですもの。

内心の高揚感を落ち着かせながら、ユフィは布越しからでも感じられる彼の欲望に触れてみる。

手のひらにその硬さや大きさが伝わってきた。

実物を見たわけではないが、かなりの質量だ。書物の中でしか見たことがないため、平均的な大きさなのかもわからない。

──なんか、熱さまで伝わってきそう……これを、どうやって触れたらいいのかしら？

男性が気持ちよくなれる方法が知りたい。

いや、知識としてはわかっているがディートハルトが気持ちよくなれる方法を見つけたい。

「ディー様、苦しそうですわ……殿方はこの欲望を解放しないと楽になれないって聞いたことがあります。ディー様もずっとこのままでは辛いのではないですか？」

「……っ、ああ、本音を言うとやせ我慢をしている。ユフィの扇情的な姿を見たときからずっと、私の股間が言うことを聞かない」

ディートハルトが苦笑気味に笑った。

だがその表情は確かになにかを堪える顔をしている。

男性が欲望を堪える表情がなんとも艶めかしい。思わずユフィは凝視してしまった。

「私にできることがあればなんでも仰ってください。下穿《したば》きの上からなぞるだけではあまり気持ちよくなれないのでは？　直接触れてみてもよろしいかしら？」

「直接……！」

ゴクリ、とディートハルトが喉を鳴らす。

「このままでは満足できないでしょう？」

手をゆっくり動かしながらユフィが問いかけると、ディートハルトは一度目を瞑《つぶ》り、なにかを吹っ切ったように頷いた。

サッと下穿きを寛《くつろ》げる。

ブルンと飛び出したのは、ディートハルトの猛々《たけだけ》しい雄だった。

そのあまりの生々しさに、ユフィの視線が奪われる。

「こんなものをユフィの視界に入れるなんて……クソ、私は最低な男だ。妖精を穢してしまった」

目元を片手で覆いながら、ディートハルトが壊れたような発言をした。

ユフィは彼の言葉を聞き流す。

――殿方の股間についている男性器って、絵で見るよりすごいのね……赤黒くて生々しくて、別の生き物みたい。

気持ち悪いという嫌悪感はないが、ただただ不思議だ。

こんなものをぶら下げていて重くならないのだろうか。邪魔に思えてしまう。

ディートハルトが恥じらっている隙に、ユフィの好奇心はますます刺激されていた。布越しではなく、素のそれに恐る恐る触れる。

「っ！　ユフィ……ッ」

「すごい熱いわ。あ、ビクンって動いた」

「ダメだ、そんな汚いものに触れるなんて」

「でもディー様は触れてほしかったのでしょう？　私の前に見せたのですから。それに、汚いなんて思いませんわ。ただ、大きくてびっくりしていますが」

これが自分の中に入るのだろうか。

本当に性交渉が可能なのか、少々不安になってくる。

「太いし長いし、全部は受け入れられないかも……」

つい独り言が零れてしまった。

ディートハルトが「無理はさせたくない」と呻いた。

「言っただろう、ユフィを壊したくないし傷つけたくないのだと。私のこれが、平均より大きいらしいことは知っている。だから焦るつもりはないし、ユフィを怖がらせたくもない」

「お気遣いありがとうございます。でも、女性の身体はそう簡単に壊れないと思いますわ。試す前からダメだと思うより、少しずつ初夜を迎える準備を進めないと。でもまずは、ディー様を気持ちよくさせたいですわ。手で擦ったらいいのかしら？」

「……ッ！　ああ、私はユフィになんてことを……だがすまない、私の欲望は止められそうにない。そのまま上下に……」

握力をどのくらい入れたらいいのかもわからない。この程度の刺激でディートハルトが気持ちよくなれるのかも。

ユフィの手の上に彼の手が覆いかぶさる。

緩慢で拙い動きに速さが加わった。

「ディー様……」

「ク……ッ、ユフィ……ッ」

白濁が飛び散り、ディートハルトとユフィの手を穢した。

独特な香りが漂い、ユフィは僅かに眉を潜めた。

だがすぐに現状を把握して立ち上がる。

「タオルを持ってきますわ。お待ちくださいませ」

「ユフィ、……」

ハッと我に返ったディートハルトがなにかを呟こうとした。だがそれを聞くよりも早く、ユフィは浴室へ向かい濡れたタオルを数枚用意する。

手を動かしながらも、ずっと胸がドキドキしていた。

とっさに浴室に駆けこんだが、まさかあのような淫靡な光景を直視することになろうと

は……。気《け》怠《だる》そうな息を吐いたディートハルトから濃い色香が漂ってきて、冷静になるために席を外したのだ。

男性の色っぽい姿を見てしまった。背徳的な充足感がユフィの心を満たしていく。

——もっと見たいかも……。いろんなディー様の姿を堪能したいわ。

身体は処女なのに、知識だけが増えていく。

愛しい旦那様の痴態を見ていると、胸の奥がきゅんきゅんするようだ。これは自分だけなのか、それとも皆同じなのかはわからない。

お腹の奥の疼きはまだ止まりそうにないけれど、ディートハルトに触れられなくても彼に触れていれば満足らしい。

濡れたタオルを持って部屋に戻る。ディートハルトはまだ鳥かごの中にいた。

心なしか項垂れているように見える。鍵がかかっていないためいつでも出られるのだが、まるで悪戯をして反省している獣のように見えた。

「お待たせしました、ディー様」

「……ユフィ、すまない。不愉快なことをさせてしまった……手は洗ったか？」

「大丈夫ですわ、私のことはお気になさらず。少し驚きましたが、ディー様の新たな一面が見られてすごく嬉しいです」

格子から濡れたタオルを手渡した。

ディートハルトは礼を言ってそれを受け取り、手についた残骸を拭っている。鳥かごに敷かれているシーツもすべて洗わなくてはと呟いていた。

「純真な乙女に見せるものではなかった……すまない」

「私が純真な乙女のままでいるのは、ディー様に最後まで手を出されていないからですわ。いつまで乙女でいさせるつもりですの？」

「それは……」

「やはり物理的に離れていてはいけないと思うのです。ディー様は当初私が嫁いだばかりだから、戸惑うことも多いだろうという計らいで別々の部屋を用意してくださったことも感謝しておりますわ。でも、私はもっとディー様と一緒にいたいですし、毎日部屋まで送り返されるのも切ないのです」

「ユフィ……」

ディートハルトの葛藤している声が聞こえてきそうだ。

あと少しだ、もう一押しで行けると自分を鼓舞し、ユフィは言葉を重ねる。

「それとも、ディー様は私と同じ部屋は嫌ですか？　私とは一緒にいたくないのでしょうか……」

「そんなことはないぞ！」

しょんぼりするユフィに、ディートハルトが慌てたように言葉をかぶせた。

ユフィは俯《うつむ》き加減でにんまり微笑み、顔を上げて嬉しそうに喜んだ。

「それでしたら、すぐにでもディー様の部屋に引っ越しますわね。今夜から私はこの部屋に泊まりますわ。都合がいいでしょう？」

「……っ！　こ、ここにか」

「ダメですか？」

「いや、ダメでは……だが、この部屋を侍女に見られるのは……」

部屋の掃除はディートハルトがしているらしい。この部屋自体に使用人は入っていないのだとか。

洗濯物もディートハルトがまとめて浴室に置いておいて、洗い終えたものが届く手筈《てはず》になっている。

ユフィ付の侍女が二人の秘密の部屋に入るというのは、少々気が進まない。

それを聞くと、ユフィも確かにと同意した。

「では、ディー様のお部屋に滞在します。でも寝るときはこの部屋か、ディー様の寝台で一緒に寝ましょうね」

「ぐう……」

はい、なのか、いいえ、なのかよくわからない唸り声が響いた。

反論がないのをいいことに、ユフィはこのままごり押しするつもりでいる。

「あ、ルーについては本人にどうしたいのか確認してみますね。同じ部屋がいいのか、それとも寝るときは別々の部屋がいいのか。後者の場合、どこかルーの寝床を探さないといけませんし」

「そうだな。ルスカの好きにしたらいい。私はどちらでも構わない。なんとでも取り計らおう」

「ありがとうございます」

「ユフィは、ルスカの言葉がわかるんだな」

「ええ、赤ちゃんのときから一緒に育っていますし。以心伝心というものでしょうか、心が通じ合っているのです」

ユフィは立ち上がり、飲み物の用意をする。

ハーブが入った水差しをグラスに注いで、鳥かごに近づいた。

用意したグラスのひとつをディートハルトに手渡そうとして、動きを止めた。

「ディー様も喉が乾きましたよね？」

「ん？　ああ、そうかもしれない」

ユフィはクイッとグラスを呷《あお》り、ハーブ水を一口含む。

鳥かご越しにディートハルトの襟を軽く引っ張り、彼の顔を近づけて……唇を重ねた。

口が開きやすいように顎を上に向けて、薄く開いた隙間からハーブ水を口移しする。

「……っ！」

わかりやすい動揺が伝わってくるが、ユフィは構わず口移しでディートハルトに水を与えた。

少し唇の端から零れてしまったが、はじめてにしては上出来だろう。

「な、なにを……っ！　ユフィ……ッ」

真っ赤な顔でグウ、と唸《うな》るディートハルトを見ていると、身体が歓喜に震えた。

愛しい旦那様が自分だけの獣に見えてくる。

鳥かごに囚《とら》われているように見えるのも要因だろう。

——逃げようとすれば逃げられるのに、逃げ出さないのならきっとディー様も望んでいるんだわ。

自分たちは互いに囚われの身になりたいのだと。

鳥かごに入るという倒錯的な行為を受け入れている時点で、普通ではないのかもしれない。

「ディー様、もう一杯お水はいかが？」

ユフィはうっとりとした笑みを浮かべてディートハルトを誘う。

彼の目にも隠しきれない情欲が浮かんでいた。

欲望に従順になったように、ディートハルトがゆっくり頷く。

「ああ、いただこう」

◇◇◇

ディートハルトの寝台には、すっかり寝入ってしまったユフィの姿があった。

部屋を一緒にすると宣言した通り、彼女は自室に戻ることなく彼の寝台で寝入ってしまったのだ。

明日の朝には侍女や側近から生温かい眼差しを向けられることだろう。

「ユフィは眠っていても可憐だ」

日焼け知らずの白い肌は、一見不健康にも見える。だがユフィの生き生きとした目が生命力を感じさせていた。

神秘的なアイスブルーの瞳が閉じられていると、少しだけ不安になる。本当に彼女は雪の妖精で、いつしか溶けて儚くなってしまうのではないかと。

ディートハルトはそっとユフィの頰を撫でた。彼女の体温が伝わり、ほっと小さく息を吐く。

――ユフィは昔から私には予測がつかないな。

鳥かごを受け入れてしまったことにも驚きだが、自ら入ってディートハルトに身体を触れさせてくるのも、彼を鳥かごに招いて自慰の手伝いをするのも。

儚げな美少女の姿から想像ができない。エヴァンに言ったところで、欲求不満の夢でも見ているのでは？　と言われてしまうだろう。

新妻が可愛すぎて、一瞬理性がどこかに行ってしまった。自分が獣に成り下がってしまったようだ。

ユフィに己の欲望を触ってもらっているのだと思った瞬間、我慢など効くはずもなかった。

あの小さな口に咥《くわ》えてもらいたい。手だけではなく、赤い舌でも愛撫してほしい。

そんな汚らわしい欲望がふつふとこみ上げてきて、しまいには彼女の手に飛沫《しぶき》がかかってしまった。

情けない姿を見せたと自己嫌悪感を抱いているときに、ユフィに口移しで水まで飲ませられた。嫌われるどころか好かれているのだと実感させられて、天にも昇る気持ちになった。

ユフィの些細な行動や言動がディートハルトを喜ばせる。こんなにも心を揺さぶることができるのはユフィだけだ。

——毎晩ユフィを想って性欲処理をしていたなど知ったら、さすがに引かれるだろうか。

鳥かごでの行為の後、ユフィを部屋に送り届けて真っ先にするのは身体の熱を冷ますことだ。

頭から冷たい水を被って、何度発散させても際限なく欲望が鎌をもたげる。

ユフィの扇情的な姿や鈴を転がしたような声と上気させた頬……そのすべてが脳裏から離れなくて、煩悩の嵐が襲い掛かるのだ。

ユフィが眠った後も、先ほどまで浴室に閉じこもって火照った身体を冷ましていた。

見慣れた寝台にユフィが眠っているだけで、特別なものに感じられる。

このままずっと眠らずに寝顔を見ていたい。一晩くらい眠らなくても政務に支障はないだろう。……頭は煩悩に支配されてしまうかもしれないが。

「ユフィ……」

ディートハルトが小さく名前を呟いた。

すると仰向けで眠っていたユフィが寝返りを打ち、ディートハルトの方へ顔を向ける。

なにやら幸せそうな表情を浮かべて、夢の中で笑っているようだ。

――っ！

こんな寝顔を毎晩見られるのか……！

幸せそうな寝顔だけではない。

ユフィのネグリジェの合間から見えるくっきりした胸の谷間まで見せつけられたら、熟睡どころではないだろう。

ディートハルトは片手で目を覆った。妖精のごとき可愛い顔に魅力的な胸が合わさっているなんて、可愛いが限界突破してしまう。

——欲望よ、鎮まれ……！

先ほど何度も冷水を浴びたことを思い出しながら、そっと指の隙間からユフィを窺う。

薄く開いた唇から赤い舌がちらりと見えた気がした。

小さく閉じこもろうとする舌を強引に引きずりだして己の舌と絡ませた感触が蘇《よみがえ》ってくる。あの唇を奪って、口腔《こうくう》内を攻め立てて、ユフィの隅々まで舐めたのだと思うと、昂りがふたたび元気を取り戻してしまった。

荒い吐息が零れる。

理性の糸がプチンと切れた音がした。

ディートハルトはそっとユフィの口に人差し指を差し込んだ。意識がなくても、ユフィはその指に反応し、ちゅぱちゅぱと舐め始める。

その光景を見つめながら、彼の紫の瞳は欲望に濡れていた。

——美しい花に引き寄せられる浅ましい虫のようだ。

本当はこの口に己の欲望を突っ込みたい。だがさすがにそれはダメだと、ギリギリのところで理性が声を上げている。

夢の中でユフィはなにかを食べているのだろうか。ディートハルトの指をおいしそうに甘噛みしている。彼がそっと指を引き抜こうとすると、それを追いかけるように赤い舌がちろりと見えた。

ちゅう、と強く吸い付かれて、ディートハルトの呼吸が荒くなる。連動するように股間も痛い。

——はあ、ユフィ……なんて可愛いんだ。

ユフィの口から指を抜く。唾液で濡れた指を舐めると、不思議と甘く感じられた。

起こさないようにそっと、彼女の豊かな胸に指を這わせる。

弾力があって瑞々しい肌は、血管が透けて見えるほど白くてきめが細かい。その先端だけが淫らに赤く実っていることを知っている。

そっとネグリジェの胸元のリボンを解いた。肌の露出が増えて、視界に暴力的な魅惑の双丘が顔を出す。

柔らかな肌に指が沈む。恍惚《こうこつ》とした笑みが自然と零れた。

——女性の胸に特別な関心があったわけではないのに、ユフィの胸から視線が逸らせない……魅力的すぎて困る。

いつまでも触っていたい。この胸を存分に可愛がりたい。

ディートハルトは起こさないように気を付けながらユフィの胸に口づけた。

彼女の口から甘やかな吐息が漏れる。

「ッ、ぁん……」

コリコリと赤い実を弄りながら、もう片手で痛いほど滾っている屹立《きつりつ》を取り出した。

ユフィをそっと仰向けに寝かせると、ディートハルトは彼女の片手を借りる。

心の中で一言謝罪してから、ユフィの手をふたたび己の欲望に触れさせた。

「はぁ……」

気を抜くと恍惚とした声が零れてしまいそうだ。

小さくて柔らかな手が、汚らわしい雄に触れている。

白い手と赤黒い肉棒の色合いが淫らに映った。

――こうなることがわかっていた、だから鳥かごの中でしか触れないでおこうと思っていたんだ……。

ディートハルトは自分の理性に自信がない。

新妻が好きすぎて、視覚的な枷《かせ》がない限り欲望が暴走する恐れを抱いていたのだ。

あの鳥かごはユフィの身を守るためのものであり、ディートハルトが暴走しないための檻でもあった。

だがたとえディートハルトが暴走したとしても、ユフィは受け入れてくれるだろう。早くひとつになりたいのだと求めてくれていることが嬉しくもあり、甘えそうになってしまう。

綺麗な存在のままでいさせたいのに、浅ましいまでの欲望がユフィを貪りたいと訴えていた。

彼女に自分だけを見つめさせて、自分だけを求めさせたい。できることならあの鳥かごに閉じ込めて、ディートハルトが給餌をしたい。

自分の手ですべての世話をさせてくれたら、一体どれだけの満足感を得られるだろう。

可憐で美しい鳥を自分だけが愛《め》でられたら、己の中の獣は鎮まるだろうか。

「ユフィ、好きだ」

呟きが彼女の中に吸い込まれるように、そっと唇を合わせる。

ディートハルトはユフィの寝顔を見つめながら、眠れぬ夜を過ごしたのだった。

第五章

ユフィが無理やりディートハルトと私室を一緒にさせてから二日後。

朝食前に朝の鍛錬に向かった彼の後をついて行き、押しかけ見学をすることにした。隣にはまだ眠そうなルーを連れて。

「そっと見守るだけよ、誰にも邪魔をしないようにね。だからルーも静かにしているのよ」

「……ワフ」

ルーが小さく肯定したが、その声にはやれやれ感が含まれていた。

朝が弱い神獣を存分にモフモフして、皇国軍の演習場の隅っこに向かう。

「思った以上に人が多いのね……」

建物の陰から稽古に勤《いそ》しむ男性たちを見守る。

皆体格が良くて筋肉質だ。すでに上半身を脱いで剣を振っている者もいる。

日に焼けた肌と鍛え上げられた筋肉が健康的だ。

男くさいというのはこういうことを言うのかと密かに納得していると、ディートハルトの周辺に人が集まっている。どうやら彼が稽古をつけ始めたようだ。

ユフィには到底振り回すことも持ちあげることも困難だと思われる長剣を使って、彼が軽々と相手の剣を受けている。

恐らく稽古用の長剣で刃は潰されているだろうが、見ている側としてははらはらする。当たったら怪我はしないのだろうか。打撃の痛みはありそうだ。

「ルー、見てる？　すごいわよ、あんなに振り回せるなんて。私には絶対無理だわ……あ、でもお姉様ならあの中に混じっても大丈夫かも」

騎士団に在籍している姉のヴィクトリアを思い出す。ユフィに剣の才能はないが、ヴィクトリアの剣の腕は騎士団でも上位に入るほどの腕前だ。

ユフィは剣の代わりにナイフ投げの訓練を受けたことがある。あれが淑女教育なのかは疑問だが、王族として最低限自分の身を守れるようになるのは大事なことだ。

「すごいわ、ディー様。一歩もあの場所から動いていないのよ。同時に二人も相手しているのに」

凛々しい姿に胸が高鳴る。

皇帝自ら剣の指導をしているのを見ると、自分もあの場に混ざりたくなった。

――いいなぁ、私も男性だったらあの中に入れたのかしら。

ほう、と羨望の眼差しを向けていると、隣で静かにしていたルーに一声かけられた。

「ワフン」

「え？　バレてる？」

ふたたび稽古場へ視線を戻す。

するとちらほらと視線が向けられていることに気づいた。

「あれ、物陰にいるのにいつ気づかれたのかしら？」

「……ワン」

多分初めから、というルーの指摘は正しかったらしい。

稽古を中断したディートハルトがすぐにユフィの傍に近づいてきた。

逃げることも隠れることもできず、ユフィは中腰でルーの首を抱きしめる。

「……ユフィ、朝は得意ではなかったんじゃないのか？」

「今朝はたまたま早く目が覚めたので……尾行してしまいました」

「いや、あれを尾行とは言わないぞ。まさか隠れているつもりだったのか……ところでユフィ、ルスカを巻き込むのはかわいそうではないか。まだ眠そうに見えるぞ」

「ワフ……」

もっと言って、と言わんばかりにルーが一声上げた。尻尾を大きく揺らして地面を打った。

確かにひとりでディートハルトの様子を窺うのが心細かったため、まだ寝ていたルーを無理やり起こしたのだ。自分の我がままに付き合わせてしまい、ユフィも少し申し訳なくなる。

「ごめんね、ルー。今日は一日好きにしていいからね」

「ワン」

ルーは人間と同じように首肯した。先ほどよりも元気よく尻尾も振っている。人語を理解しているのだと伝わってくる。

「それで、ユフィは稽古を見学したかったのか」

「……はい、邪魔にならないようにと思って。ディー様が剣を振っているのを見るのははじめてですし」

「わかった、ではこっちにおいで。陰から見られるのは気になるが、堂々となら問題ない」

「ありがとうございます」

自然と声が弾んだ。

ユフィはルーと共にディートハルトの後ろをついて行く。

稽古中の若い男性たちの視線が一斉に向けられると少々ドキッとするが、緊張を隠して笑顔を浮かべた。

「中断させてすまない、私の妻が見学をしたいと言っている。皆は気にせずいつも通り過ごしてくれ」

「はじめまして、ユーフェミアと申します。こちらはルスカです。突然お邪魔してしまい申し訳ありません。皆様の邪魔にならないようにしますので、どうぞお気になさらず」

「え、ユーフェミア王女……！」

「違う、皇妃殿下だろう」

「すげえ……雪の妖精って噂、本物じゃん。白くて華奢だ」

「小柄で胸がデカ……」

「馬鹿、黙れ！」

ユフィの登場に兵士たちが騒ぎ始めた。上半身の肌を晒していた者たちは、脱いだ服を着直している。

――胸……。

余計な言葉までしっかりユフィの耳にも届いているが、変わらない笑顔を張り付けている。勝手にやってきたのは自分なのだから、どう言われても動じない。

だが、隣から冷ややかな空気が漂ってきた。ディートハルトは彼らの失言を見逃すつもりはないらしい。

「お前たち、静かにしろ」

三十代半ば頃の男が一瞬でこの場を静かにさせた。軍を取り仕切っている隊長なのだろう。

「部下の無礼な発言をお許しください、妃殿下。むさくるしい男たちの稽古場ですが、ゆっくりお過ごしください」

ディートハルトより線が細いが、十分鍛えられている。短いダークブラウンの髪と鋭い目つきが特徴的だが、不思議と人懐っこさを感じさせた。

「ありがとうございます」

ユフィは無難に一言礼を告げて微笑み返す。そのままディートハルトにベンチまで案内された。彼らの稽古がよく見える場所だ。

朝から身体を動かすのは気持ちがよさそうだ。ユフィも運動したくなってくる。

――汗をかくディー様もかっこいいなぁ……剣を振るう姿がすごく頼もしい。昨日の夜もあの腕に抱きしめられて寝ていたのよね……でも私ったらすぐに眠っちゃうから、全然ディー様の身体を堪能できていないわ！　安心感が強すぎるせいよ！

ディートハルトの鍛えられた筋肉に思う存分触れてみたい。彼の胸板に触れるよりも先に男性器に触って自慰を手伝ったというのは、一般的ではない気がする。

今夜こそ胸板に頬ずりをさせてもらおう。硬い腹筋にも手を這わせたいし、どうせなら彼の上に馬乗りになって思う存分イチャイチャしたい。媚薬の出番もあるかもしれない。

ユフィは笑顔で稽古を見学しながら邪な妄想に耽《ふけ》る。

一方ディートハルトは、ユフィに邪な視線を向けていたという理由で全員に腕立て伏せと腹筋二百回を追加させていた。

「あ、全員で腕立て伏せを始めたわ。皆さんすごいわね」

耳のいいルーだけが事情を把握して、彼らに同情めいた視線を向けた。

◇◇◇

月の女神を信仰するミレスティアでは、夜のお茶会をするのが一般的だ。

雲のない夜に月を愛でながら、月が見える部屋で最低限の明かりを灯して就寝前の時間を楽しむ。

各家庭で作った手作りの蠟燭《ろうそく》を使用することも多い。蠟燭の中に、花や果物から抽出したエッセンスを入れるのも人気だ。

お茶会には一口で食べられる焼き菓子などの他に、必ず用意されるのが粒子の細かい砂糖だ。

夜のお茶会に欠かせない特別な砂糖は、満月の光を当てると銀色に輝くというミレスティアの特産でもあった。

「私も月砂糖の作り方は詳しく知らないのですが、精製するときに月の光をたっぷり吸収させているという話は聞いたことがありますわ。ミレスティアでも数えるほどの人にしか受け継がれていない特別な技法だそうです。お菓子屋さんと月砂糖職人を兼任される方が多いそうですわ」

「それはとても貴重な砂糖だな」

満月の夜、ユフィはディートハルトの私室のバルコニーでお茶会の用意をしていた。

昼間のお茶会なら何度かしたことがあるが、帝国に嫁いでから夜のお茶会をするのははじめてだ。

これもディートハルトの部屋に移動したからこそ提案することができた。

——雲ひとつない綺麗な夜だわ。

頭上に輝く真ん丸なお月様は、ミレスティアの頃に見上げていた姿と変わらない。どこにいても月は変わらず輝いて、自分たちを見守っていてくれる気持ちになる。

就寝前のお茶会ということで、用意したのは軽いお菓子ばかりだ。

焼き菓子の他につやつやしたチョコレートも欠かせない。だが甘いものを食べる前に、まずは紅茶を堪能してほしい。

「ディー様もよろしければ、月砂糖を入れてみませんか」

「そうだな、せっかくユフィが用意してくれたんだ。ぜひお願いしよう」

「かしこまりましたわ」

手のひらにすっぽり収まる丸いガラス瓶の中に、先ほどユフィが説明した月砂糖が入っている。ミレスティアの王家が代々食してきた純度の高い月砂糖だ。

光を遮断するように普段は巾着袋に入れている。それを開いて、ユフィはガラス瓶を取り出すと、白いテーブルクロスの上に置いた。

ガラス瓶の蓋を開く。

しばらくすると、満月の明かりを受けた月砂糖が淡く光りだした。

「……美しいな」

「ええ、そうでしょう。この光は満月の夜が一番強く光るのです。三日月だとあまり変化が見えないので、ミレスティアでは満月の夜にだけこの月砂糖を使う人がほとんどですわ。月の明かりが一番まぶしい夜にだけ綺麗に光るというのも神秘的かと」

銀の匙《さじ》で一杯すくう。

細かい粒子のため、風のある夜だとすぐに流されてしまうが、今夜はその心配はなさそうだった。

銀の匙の上にのった月砂糖は、キラキラした柔らかな光を放っていた。

ユフィはそれをディートハルトの紅茶のカップに入れてくるくる溶かす。

湯気とは違うふわりとした揺らめきを感じると、紅茶がほんのり光って見えた。

「これは飲むのがもったいないな……とても貴重な一杯だ」

ディートハルトが白磁のカップを持ちあげたまま、しげしげと呟いた。

ユフィもひと匙、月砂糖を自分のカップに入れて溶かす。

「気に入ったようでしたら、今度送ってもらうように頼んでみますわ。あまり多くは難しいと思いますけれど、このひと瓶で半年以上もちますし。なにせ満月の夜にしかこの光は見られませんので」

「確かにそうだな、月に一回の特別なぜいたく品だ」

カップを傾けて、一口味わう姿をじっくり眺める。

一見ディートハルトは甘い物が得意ではなさそうに見えるが、意外となんでも食せるらしい。焼き菓子も好きだと聞いたときは嬉しく思った。おいしいものを共有できる。

「ほんのりした甘さが上品だ。普通の砂糖とは全然違うな……雑味もなくて、でも紅茶の香りを邪魔しない」

「そうでしょう、控えめな甘さなので甘いものが苦手な方でもおいしく飲めるのです。香りや味が強い紅茶よりは、癖の少ない紅茶の方が相性はいいですが」

ユフィも久しぶりに月砂糖を入れた紅茶を堪能する。

キラキラと淡い光を放つ紅茶を飲むのが、子供の頃は特にワクワクしたものだ。

中身が飛ばされないように忘れずにガラス瓶の蓋を回す。湿度にも弱いため、取り扱いや保管場所には要注意だ。

「ミレスティアの特産品は貴重なものが多いな。国外に輸出するなら、大量生産ができるものでなくては厳しいが、職人が少ないものを大量生産させるわけにはいかないな」

「そうですね、伝統的な技法を守っているというのもありますし、国外で安価な偽物を売りさばかれてもミレスティアのように遠い国からでは、不正が起こっていても気づけませんわ。多くの人に知ってほしい伝統品と、人目を引いて問題が起こってしまうようなものの線引きが難しいですね」

なにを輸出できるのか、輸出する場合はどのようにミレスティアの名前を守るのか。そういった取り決めを行ってからではないと、安易に貿易などはできないのだろう。

――特別な野菜や果物など、ミレスティアの地でしか育てられていないものも同じくよね。

品種と生産者を守る。伝統的な特産品もどのように守りながら、国外にミレスティア産の認知度を広めていけるのか。

外交が盛んになるほど、考えなくてはいけない問題が山積みだ。

きっと女王には考えがあるのだろう。ユフィの協力が必要になれば、彼女から連絡が入るはずだ。

――私も自分ができることをしないと。まだなにができるのかわからないけれど。

確実にディートハルトとの仲は深まっている。

皇帝陛下との距離を縮めて愛を実らせることが、ユフィに求められる一番の仕事だ。

だが仕事という認識は二の次で、ユフィ自身がディートハルトの愛を受け取りたいし与えたい。

ユフィはチョコレートを一粒指で摘まむ。

それを口に運ぼうとしたが、気が変わった。自分が食べるよりもディートハルトに食べさせたい。

「ディー様」

「ん？　どうした」

小首を傾げた瞬間、彼の唇にチョコレートを押し付けた。

僅かに驚いた様子に、ユフィはにんまり微笑む。

「食べて？」

おずおずと唇が開かれた。その隙間に、ユフィは摘まんでいたそれをスッと押し込む。

「おいしいですか？」

「……甘い」

ディートハルトは照れているのを隠すように眉間に皺を刻んでいた。うっすら目尻が赤い。嬉しいのに気恥ずかしいといった、複雑な気持ちが伝わってくる。

彼の心情を正しく読み取ると、ユフィの心にふわふわとした満足感が広がっていく。

普段通りに食べているチョコレートよりも、ユフィが食べさせた方がより甘く感じていたらいい。

「ユフィ、おいで」

テーブルクロスの上に置いていた手を握られた。

クイッと手を引かれて、ユフィは椅子から立ち上がる。すると、彼女の腰にディートハルトの腕が巻き付いて、あっという間に膝の上に乗せられてしまった。

「っ！　ディー様？」

横向きに座らされたが、腰に手が回っているため不安定さはない。けれど筋肉質な太ももはお世辞にも座り心地がいいとは言えなかった。

「私の方がユフィを餌付けしたいんだがな。……さあ、どれがいい？　あなたは木の実がのった焼き菓子が好きだったか」

「え、ええ、どれも好きですが……私に食べさせてくれるのですか？」

「そうだ、お返しにどれでも好きなものを食べさせよう」

至近距離で微笑まれて、ユフィの胸がドクンと跳ねた。

ディートハルトには明るい日差しが良く似合うが、月明りに照らされている姿も色気が増して艶っぽい。

ユフィの鼓動が徐々に速まっていく。

「では、ディー様が好きなのを食べさせてくださいませ」

「私が選んでいいのか？」

「はい、ディー様が好きなものが知りたいのです」

ディートハルトの眼差しがとろりと甘くなった。目尻が下がり、見つめられているだけでユフィの胸を焦がしてしまいそう。

「そうか、ではジャムがのったものをどうぞ、姫。少し酸味がきいているが、程よい甘さがやみつきになる」

ユフィの口に木苺《きいちご》のジャムがのったクッキーが運ばれる。

口を開けてしっかり嚙むと、じゅわりとしたジャムの甘味と酸味が口いっぱいに広がった。ディートハルトが言った通り、甘さが程よくておいしい。

しっかり嚙んで飲み込んでから、感想を告げる。

「とってもおいしかったです。ジャムの甘さがちょうどいいですね」

「そうか、気に入ってくれたようでよかった。次は木の実がいいか。香ばしくておいしいぞ」

ふたたびディートハルトの手で餌付けをされる。

ユフィは彼の胸にもたれかかけながら、口に運ばれた木の実のクッキーを咀嚼《そしゃく》した。ディ

ートハルトの指先にも唇を寄せて、粉で汚れてしまった指を舐めた。

「……ユフィ、いけない子だ。そうやってすぐに私を翻弄する」

そう言いながらユフィの頭を撫でる手つきが優しい。

「……旦那様の指を舐めるようないけない妻はお嫌いですか？」

「まさか。可愛すぎてたまらなくなるだけだ」

ユフィの身体はすっぽり彼に抱きしめられた。

逞しい腕や胸に閉じ込められていると、安心感を抱く。

——なんか、前にもあった気がする……こうして膝の上に乗って、お菓子を食べさせあったことが。

一体誰としたのだろう。

父や兄ではない。父の膝の上は母のものだし、抱き上げられた記憶はあっても食べさせてもらった記憶はない。

ではこの懐かしい感覚はなんだろう？

ユフィは猫のようにディートハルトの胸に頭を寄せて甘えてみる。誰かに甘えるという行為は、ルー以外にしたことがなかった。

「何故だか今、懐かしい気持ちがこみ上げてきました。こんな風に以前にも、誰かとお菓子を食べさせあった気がする、って。でも、誰かの膝に乗せられて、食べさせてもらった記憶なんてないのに……忘れているだけかしら」

「……そうか。もしかしたらユフィが忘れているだけかもしれないな」

なんとなくだが、大事な約束もした気がする。

だが、詳細は一向に思い出せそうにない。

――夢の中の出来事みたい……ふわふわしていて形にならないような……。気のせいなのかしら。それとも本当にあったことなのかしら。

いつもなら思い出せないことを無理やり思い出そうとはしない。

けれど、何故だろう。忘れていてはいけない気がする。

「風が出てきたな。ユフィ、中に入ろう」

ディートハルトの提案に頷くと、彼はユフィを横抱きにして立ち上がった。

密着した状態で運んでくれることが嬉しくてドキドキする。

先ほどまでなにか思い出せそうだった記憶を頭の隅に追いやって、ユフィは長椅子に運ばれるまでギュッと彼に抱き着いていた。

「少し待っていてくれ、すぐに片づけさせよう」

ディートハルトがふたたびバルコニーに向かった。

戻ってきた彼は、月砂糖の瓶を手にしている。

「これはユフィが保管しておいた方がいいだろう」

コトリ、と長椅子の前のテーブルに置かれた。巾着袋と一緒に。

「ありがとうございます」

ユフィが瓶を巾着袋に入れている間に、ディートハルトが人を呼んでバルコニーに設置されたティーカップや焼き菓子などを片付けさせた。

あっという間に元通りになる。ふたたび月砂糖の出番が来るのはひと月後だろう。

「湯浴《ゆあ》みをしてくる。ユフィは先に寝ていていいぞ」

そう言って浴室に向かったディートハルトの背中を見つめて、ユフィはそっと息を吐いた。

――せっかく同じ部屋になったのに、一緒にお風呂に入らないかとは言ってくださらないのね。

ユフィはすでに湯浴みを終えているのだが、ディートハルトに誘われたら心の尻尾を振って喜んで頷く。

男性の生理的な事情というものも存在するだろうが、それを含めてユフィは知っていきたいと思っている。

――もういっそ入浴中に押しかけちゃおうかしら。旦那様、お背中流しますわ、って。

なにそれ、新妻っぽい！　という気持ちがこみ上げてくるが、もしも迷惑だと思われてしまったら……ユフィはショックのあまり枕を涙で濡らすだろう。

だが迷惑だと思われていたら、ユフィが彼の部屋に押しかけてきた時点で言われているはずだ。

鍵のかかっていない小部屋に向かう。

ユフィの私室としても使い始めた鳥かごのある部屋だ。

部屋の一画に、ユフィがミレスティアから持ってきた私物を置いている。月砂糖もそのひとつだが、ユフィの目当ては姉王女たちからの餞別の箱……香油と媚薬だ。

「新品のまま三ヶ月が経過しちゃったら、お姉様たちに申し訳なさしかないわ」

使用期限はもう三週間ほどしか残っていない。

精力剤は誰か他の人にあげてもいいとして、媚薬と香油は最低限使っておきたい。これらは同時に混ぜて使っても問題ないと聞いていた。

――初夜の痛みを和らげるものだと言っていたのに、使用できなかったら痛いままなんじゃないかしら……ディー様が痛くさせたくないと言うなら、積極的に使うしかないと思うのよ。

「ねぇ、ルー」

ついルーの名前を呼んでしまったが、ここにはいないのを思い出した。

新婚夫婦の寝室と同室になるなんて困る、と言わんばかりにルーはユフィが部屋を移動するときに拒絶したのだ。

部屋がないなら外で寝てもいいとまで言われたが、ミレスティアの神獣という珍しさから攫《さら》われるかもしれない危険性を説明したのだ。

ディートハルトもルーの希望に従うと言ってくれた通り、ルーには別の部屋を与えられることになった。ルーの姿を見ても驚かず、動物が嫌いな人間が通りかからない部屋は、皇帝の寝室からあまり離れていない。

昼間は一緒に過ごして、夜になったら別々の部屋に帰る。そのような距離感がルーにとってやりやすいのだろう。

一緒に眠ることができなくなったのは少々寂しい。子供の頃からルーとは同じ寝台を共にしてきたのだから。

モフモフを抱きしめて眠っていた代わりにディートハルトが抱きしめてくれるのだが、ユフィは彼に頭を撫でられるとすぐに眠ってしまう。鳥かご以外では性的な触れ合いをしてこないため、寝台の中では健全すぎる夜を過ごしていた。

——私、欲求不満なんだわ。もっと触れてほしくてたまらないってずっと思っているってことは、そういうことなんだと思うの。それにディー様にも触れたくてたまらない。

溜息が零れる。どうしたらもっと自分の欲望を伝えられるのだろう。

ミレスティアから持ってきたものは他にもある。

殿方が好みそうな扇情的な下着やネグリジェはまだ一部しかディートハルトに見せてい

ない。いっそのこと、これらをすべて見せて彼に選ばせるというのはどうだろうか。

――そうだわ。もうディー様に選んでもらえばいいんじゃない？

性的な嗜好《しこう》の不一致で離縁というのは絶対に避けたい。

彼がまだ特殊な性癖を隠し持っている可能性もあるが、歩み寄れる範囲ならユフィは積極的に頑張ろうと決めている。

しばらくしたらディートハルトはユフィを探しにこの部屋までやってくるだろう。

それなら、あらかじめ鳥かごに入って待っていたらいい。

ユフィはいくつかの下着やネグリジェ、そして餞別の小瓶を二本持ったまま鳥かごに入った。

お互い、鳥かご越しなら本音を話せるし、大胆にもなれる。

格子があるだけで、彼の欲望が暴走しないと思っているのだ。実際はそうでもないのだが、ディートハルトがそう信じているならそれでも構わない。視覚的な制御となれるなら、活用するだけ。

ほどなくして、ディートハルトの足音が聞こえてきた。やはり彼はユフィの姿が見えなくなって、探しているようだ。

「ユフィ？」

鳥かごに入ったまま、ユフィはにっこりディートハルトを出迎える。

彼は後ろ手で扉を閉めて、すぐにユフィに近づいてきた。

「もう寝ているのかと思ったぞ。……それはなんだ？」

「はい、ディー様に選んでもらおうかと思って。私があれこれ考えるよりも、ディー様の好みを教えてもらう方が早いかと」

下着としての機能性がない繊細な布地を見せる。

ほとんどレースしか使われていない白の下着や、真逆の黒いレースの下着。そしてもはや胸元部分はリボンのみなのではという過激なネグリジェなど、ひとつずつディートハルトに見せていく。

彼はわかりやすく動揺した。

「まだこんなに隠し持っていたのか……」

「ディー様の好みを聞けていないので。さあ、どれがお好きですか？」

「白……いやいや、ちょっと待ってくれ。まさか日中のドレスの下もこのような過激な下着を身に着けているのか？」

「もちろんですわ、オシャレは見えないところからって言うではありませんか」

「……！　ダメだ、今日はなにを身に着けているのかと考えだしたら気になって仕事に手が付けられなくなってしまう」

なにやら予想外の苦悩を告白された。

ユフィはきょとんとした顔で「朝に確認されたらよろしいのでは？」と返した。

「な……っ、毎朝ユフィがどんな下着を身に着けているのか確認するだと……！　それはいくら夫とはいえ、気持ち悪くないか？」

気持ち悪いかどうかと問われると、少々思うところもあるにはあるが。

大好きな旦那様が気になるというのなら、いくらでも見せてあげたらいい。

「新婚なので、このくらい当然ですわ」

そうはっきりと答えたが、特にミレスティアの常識というわけではない。

ディートハルトの顔に苦悩が浮かんだ。

いつもの定位置で膝をついている。

「煩悩に負けてしまいそうだ」

「勝ったってなんにもいいことはございませんわ。ディー様が欲望と葛藤する相手が妻である私だけであれば、いくらでも負けていいのですわ」

「当然だ、他の女性にはまるで興味がない。私にはユフィしかいらないのだから」

そう何度も言ってくれるのは嬉しい。

が、いい加減そこまで想ってくれるなら、さっさと手を出して初夜を迎えたい。

胸ばかり気持ちよくさせられても、肝心な場所には触れてくれないのだ。

上半身の性感帯は開発されつつあるというのに、下半身は未だに清らかなまま。

一体いつまでこのままなのだろう。ユフィの目がスッと据わった。

「……ディー様、それではいつになったら私たちは初夜を迎えられるのでしょう」

「それは……」

「すでにディー様のディー様にだって触れていますし、気持ち悪さや恐怖心はないですわ。それよりも、いつまでもディー様が逃げるようであれば私が媚薬を使ってでも解さないといけなくなります」

「いや、待て、何故そうなるんだ。いきなり媚薬を使うだなんて」

「待ちません。ディー様が私との体格差を気にしてくださっていることも、負担をかけたくないことも理解しておりますわ。でも、避けては通れないのですから、少しずつ受け入れられる準備をしないといけませんよね。私はもっと触れてほしいと思っていますけど、ディー様がしてくださらないのなら自分でやる他ないですわ」

媚薬と香油が入った小瓶を見せた。

ディートハルトが難しい顔でそれらを凝視する。

「それは、ミレスティアから持ってきたものだったか」

「そうですわ、使用期限が切れる前までに使わないともったいないでしょう？　あとひと月もないのです」

ディートハルトはユフィの覚悟を知って一瞬慌てたようだが、今はなにか思案しているようだった。

「成分の安全は保障されているんだったか」

「ええ、王家が使っているものですので問題はありませんわ」

——ってお姉様たちが仰っていたから、大丈夫なはず。

彼はひとつ頷き、「ならば……」と呟く。

「ユフィが解すところを目の前でしてくれるのか」

「……え？」

「私の前でしてくれるんだな？」

どこでするかは考えていなかったが、彼に見せつけるように解すつもりはなかった。

ユフィは内心引いたが、ここでできないとは言いだせない。

「……もちろん、いいですわ。ディー様がお望みなら、今すぐここで試してみせます」

「なるほど、ではやってもらうか」

先ほどまで慌てていたはずなのに、何故かディートハルトは乗り気になった。その声音が楽しそうに弾んでいるのは気のせいではないだろう。

——あれ、もしかしてとんでもない展開になってない？　旦那様の前で媚薬を使って気持ちよくなるのって、普通のことなの？　特殊なの？

もはや鳥かご越しにあれやこれやをすることも受け入れているため、なにが普通で特殊なのかがわからないのだが、ユフィは意を決して下着姿になった。

下半身を覆う小さな布をディートハルトの前で脱ぐというのは、非常に勇気がいる。こんな形で彼に秘所を見せることになるなど思いもよらなかった。

腰の両脇で結んでいるリボンを解くと、心もとない布がはらりとシーツに落ちた。思わず太ももを擦り合わせて、できる限り彼の視界に入らないようにしたい。

そんなユフィの様子をつぶさに眺めながら、ディートハルトが小瓶について尋ねた。

「二つあるが、どちらを先に使うんだ」

「……ひとつは香油ですわ。潤滑油でもあり、痛みを和らげるためのものだと窺っております。でも二つ同時に使っても問題はないそうなので、混ぜてみようと思うのですが」

「そうか」

ディートハルトが頷いた。混ぜて使うことに賛成のようだ。

ユフィは媚薬の小瓶を先に開けて、手のひらに垂らす。媚薬の液体は薄紅に色づいており、ほのかに花の香りがした。

——はじめて使ってみるから、正直私もどの程度の効果があるのかわからないのだけど。思い込みというものも重要な要素なのかもしれない。人は薬の効能がなくても、よく効く薬だと言われて飲めば、痛みが引いたような錯覚を覚えるらしい。

——これはよく効く媚薬……。

少しとろみのある媚薬は、手のひらに垂らしてもなにも感じない。粘膜から吸収させるものだからだ。

小瓶を置く場所がなくて困っていたら、ディートハルトが格子の隙間に手を出した。

「私が持っておこう」

その提案を呑んで、空になった小瓶を渡す。きゅぽっと蓋を閉める音が聞こえた。

「ユフィ、手から零れてしまうぞ」

「……わかっておりますわ」

零《こぼ》れ落《お》ちないように両手で媚薬を温めてから、両膝を立てる。

羞恥心に耐えながら、ユフィは膝を開いた。そして媚薬が塗り込まれた右手をそっと秘所に持って行く。

「ん……っ」

粘膜に塗り込むように、手のひらを上下に動かした。

不浄な場所など、身体を洗うときにしか触れたことがない。性の知識はあっても、ユフィ自身が自慰をしたことは一度もなかった。

──こんな感じでいいのかしら……？

ぬるぬるした感触が慣れない。表面を撫でるだけで媚薬の効果があるのかはわからないが、ユフィは右手の媚薬がすべて秘所に馴染むように手を動かすことに集中した。

顔を真っ赤にさせながらぎこちなく手を動かしていると、ディートハルトに声をかけられる。

「ユフィ、もっと脚を広げなさい。私には君がなにをしているのかよく見えない」

「……っ！　は、い……」

優しい口調で命じられる。

ユフィは拳ひとつ分しか開いていなかった脚を、大胆に開いて見せた。

粘膜が空気に触れてひやりとする。

媚薬を塗った箇所がじりじりと熱を持ち始めた。

「ああ、よく見えるな。ユフィの愛らしい花びらが赤く火照っている。雄を誘う香りがここまで届きそうだ」

「……そんな、ことは」

「ユフィ、手が止まっているぞ。私の目の前で解すのだろう？　そう意気込んだということは、ユフィに自慰経験はあるのか」

甘い声でとんでもない確認をされて、ユフィは顔を真っ赤にさせたまま首を左右に振った。

勢いのまま自分で解すと言ったが、今はただただ恥ずかしい。自慰経験もないのにこんなことができるなんて言わなければよかったかもしれない。

「そうか、自分で触れたこともないのか」

ディートハルトの声が甘さを増した。なにかが彼を満足させたらしい。

「それならば、あなたのはじめての経験を私がじっくり眺めてあげるから、まずは自分で頑張ってみなさい」

ふたたび優しい口調で命令されて、ユフィのお腹の奥がキュンと反応する。

――心臓がずっとドキドキしている。いけないことをしているから？　それともディートハルト様の口調が有無を言わせないから……？

彼は先ほどから視線を逸らさずユフィをじっと眺めている。照れや恥ずかしさもなく、余裕な笑みすら浮かべていた。

恥ずかしいのはユフィだけ。その事実がさらにユフィの熱を高めていく。

――指を動かさないと……。

媚薬を塗り終えた右手でそっと広げて見せて、左手でさらに媚薬を塗り込んでいく。先ほどは表面を撫でるだけだったが、細い指を丁寧に動かし始めた。

――多分、ここらへん……あ、指が入った。

膣の中に指を一本挿入する。

痛みはないが、ざらざらしていて不思議な感覚だ。

媚薬を中に塗り込むように動かし始めて、指を第二関節分まで差し込んでは引き抜くのを繰り返す。次第に媚薬が吸収されたのだろう。膣奥からも徐々に熱を感じだした。

「あ、つい……」

ぐちゅぐちゅとした卑猥《ひわい》な音がユフィの官能を高めていく。

指一本では大した刺激が得られないのに、抜いたらディートハルトに飽きられてしまうかもしれないため、抜くこともできない。

二本目を挿入しようとするが、指がうまく入ってくれない。まだ入り口が狭くて、ユフィの指を一本しか受け入れられないようだ。

「あん……ンッ、はい……った」

中指の関節がひとつ分挿入できた。少しずつ解れているようだが、無理に押し込むのは抵抗がある。

気持ちよさより、ぞわぞわとした熱がせり上がってきて身体中を火照らせる。

ディートハルトに見せつけるように脚を大きく広げた体勢で、左手で花びらを広げて右手で膣に指を挿入している。なんて恥ずかしいのだろう。どうにかなってしまいそうだ。

——身体が熱い。ディー様が見ている。いやらしい、はしたない。でも……もっと奥までほしいって思っちゃう……。

自分でうまくできている自信がない。ディートハルトが声をかけないということは、うまくできていないからかもしれない。

ユフィの目頭にじんわりと涙が浮かび上がる。

もどかしくて切ない。ディートハルトに見られているだけで、彼に触れられないのが寂しい。

期待を込めた目で彼を見つめると、ディートハルトの手が動いた。

「香油は中の滑りをよくさせるものだったか。だがユフィには必要がなさそうだな。あなたの中から愛液が垂れているだろう？」

「……っ！　あ、やぁ……っ」

身体は確実に気持ちよくなっていたらしい。

媚薬だけではなく愛液を零していると指摘されて、ユフィの身体の熱が上がった気がした。

「ディー様……」

名前を呼びながら指をぬちゃぬちゃと動かす。これで合っているのかもわからないが、はっきり言うと物足りない。もっと直接的な刺激が中にほしい。

「涙目で私の名前を呼ぶなんて、反則すぎるぞ……」

涙が邪魔して薄っすらとしか見えなかったが、ディートハルトの目が獣のようにギラリと光った。

足の裏がシーツの上を滑る。

ディートハルトがユフィの右足首を摑んで、格子の隙間から己の方へと引き寄せた。

「あ……っ」

ユフィの柔らかな右脚がディートハルトの目の前に晒されている。

一体なにをするつもりなのだろう。

不安と期待が混ざり合った眼差しを向けると、彼はおもむろにユフィの足の指に舌を這わせた。

「きゃあ……ッ！」

れろり、と肉厚な舌で親指から小指まで順番に舐められる。

ムズムズしたなにかが背筋を駆けた。

「ディー様……！　汚いですから、ダメです」

「汚い？　そんなことはない。とても可愛くて、うまい。ユフィは足の裏も綺麗なんだな……こんな小さな足でよく歩くことができるものだ」

「ンンッ！」

親指を口に含まれる。

彼の舌が丹念に親指を舐めては吸って、歯を当てられた。

――そんなに舐められたらふやけてしまうわ……。

足を舐める行為というのも一般的なのだろうか。正直なにが夫婦の常識なのかもわから

ない。

ディートハルトがもう我慢がきかないとばかりに、ユフィの足から太ももへ舌を這わせていく。

剣を握る手は表面がざらざらしていて硬い。その硬い皮膚が触れられている箇所から伝わってきて、ユフィの口から熱い吐息が零れた。

「はぁ……っ」

「ユフィはどこも柔らかくて、触り心地がいいな。肌も指に吸い付くようだ。……こんな綺麗な肌に噛み痕をつけたくなる」

最後の方は独り言のように呟かれて、ユフィには聞き取れない。恐らく褒められているらしい。

彼に触れられている箇所にばかり神経が集中してしまうが、ユフィの中は絶え間なく愛液を零してさらなる刺激を望んでいた。

ユフィの指が二本まで入るようになったが、思うように気持ちよくなれない。媚薬の効果でずっとお腹の奥が疼いている。

――もっと、触ってほしい……私に触れて……。

ユフィは口内にたまった唾を飲み込んで、ディートハルトに懇願する。

「ディー様、もう切ないの……お腹の奥が辛くて、私の指じゃうまくできない……触ってほしい……」

眦《まなじり》から雫《しずく》を零す。

思うように快楽が得られなくて、ディートハルトにもっと触れてもらいたくて。ユフィは我慢できないのだと訴えた。

「……ッ、ユフィ……」

彼の目の奥がギラリと光る。

獣のように荒い息を吐きだして、ユフィの足から手を放した。

「いいんだな、触れても」

その問いに頷き返すと、ディートハルトの手が伸びた。

格子から差し込まれた手がまっすぐユフィの秘所に触れる。蜜を零して雄を誘う甘美な泉へと。

「こんなに熱くさせていたのか……」

彼の指が触れただけで、ぐちゅり、と水音が響いた。

「あぁ……ン」

太い指が割れ目を往復する。

人差し指でしか触れられていないのに、ユフィの身体は電流が走ったような刺激を受けた。媚肉が彼の指に吸い付いて離れない。

「ディー様、もっと……」

自然と甘い声が出た。欲望を曝《さら》けだして、彼に甘えてみたい。

「たくさん、触って……」

「ぐぅ……ユフィ……」

ディートハルトが唸り声を零すと同時に、ユフィの蜜壺《みつつぼ》へ人差し指が挿入された。

「あぁ……ッ」

太くて逞しい。ユフィの細い指とはまるで違う。

その指が奥までずっぽり埋められると、ユフィの内腿がフルフル震えだした。

「温かくて、吸い付いてくるな……ここに入れたらすごく気持ちよさそうだ……」

彼から零される吐息は劣情を孕《はら》んでいた。甘くて荒くて熱い。室内の熱気も上がっていることだろう。

痛くないかと確認を取られながら、ディートハルトの指がゆっくり出し入れされる。

彼の指がテラテラと光って見えた。それが自分の蜜を纏っているからだと思うと、ユフィの下腹がキュンとする。

「っ、急に締め付けてどうしたんだ？」

「あ、わからな……」

「まだ余裕がありそうだな。もう少し頑張ろうか、ユフィ」

甘い声につられて、ユフィは頷いた。頑張るというのが具体的にはどういうことなのかわかっていないまま。

ディートハルトの指がもう一本挿入される。

ピリッとした痛みを感じて、思わず目を瞑った。

「痛いか？」

「あ……、ちょっと、ピリピリします……」

「では馴染むまでゆっくりやろう」

中指の第一関節を差し込んだまま、ディートハルトの親指が膣口の周辺をなぞりだす。意識が分散されて、ユフィは詰めていた息を吐いた。

だが安堵には早かった。

ディートハルトの親指が敏感な花芽に触れて、グリッと刺激したのだ。

「アア――……ッ！」

今まで感じたことのない快楽が押し寄せてくる。

強制的に高みへ上らされて、落下したような浮遊感。四肢から力が抜けて、ユフィの身体は背後に重ねられたクッションの山に落ちた。

「軽く達したか」

胎内でくすぶっていた熱が弾けたような感覚だ。

これが達すること……絶頂なのだろうか。

そのような現象は知識として把握していた。ふわふわした感覚だったり、凄《すさ》まじい快楽の波に攫われそうになったりといくつかの説明が書かれていたのを思い出す。

——脱力感に見舞われるとも書かれてあったかしら……。

呼吸が荒くて身体が怠《だる》い。

全力疾走した後のような倦怠感《けんたいかん》に近い気がした。

だが、絶頂を迎えたことで余計な力が抜けたらしい。

ユフィの膣に挿入されたままだった指が二本、グッと奥まで入り込んできても痛みを感じることなく迎えられた。

「んァ……っ」

「ああ、随分柔らかく解れてきている」

ディートハルトの指が膣壁を擦る。

その感覚がまざまざと伝わってきて、ユフィの腰が無意識に揺れた。

「偉いぞ、ユフィ。私の指を二本飲み込めるようになった。ちゃんと見えているか」

彼に褒められるがまま、ユフィは視線をそっと下肢に向けた。

剣を握る太い指が二本、己の蜜壺に飲み込まれている。

なんて卑猥な光景だろう。無意識に指を締め付けてしまった。

「……こら、私の指を食いちぎるつもりか？」

「あ……ごめんなさい……」

「怒っていない、ユフィの身体は素直で愛らしいと思っただけだ」

ディートハルトが微笑みながら、指をばらばらと中で動かしている。

ユフィの身体は彼によって作り替えられてしまいそうだ。些細な刺激を敏感に感じ取ってしまう。

彼の反対の手がユフィの肉感的な太ももを撫でていた。柔らかな皮膚を堪能するように、強弱をつけて弄られる。

これでディートハルトに触れられていない箇所はないのではないか。

──ううん、まだあるわ……背中とかお尻とか？

「ユフィ、考え事か？　よそ見をしているのは感心しないぞ。まだまだ十分に解せていない。私を受け入れるには時間がかかりそうだ」

「ディー様……」

「もう一本、頑張ろうか」

その言葉通り、ユフィはディートハルトの指を三本受け入れるまで視線を逸らすことなく、甘く啼《な》き続けることになった。

ディートハルトは鳥かごの中で気絶してしまったユフィにそっと触れる。

華奢な身体で健気《けなげ》に自分の指を飲み込んでいた姿を思い出すと、彼の雄がはちきれそうになってしまう。

◇◇◇

——まだだ、まだ準備は整っていない。ようやくユフィが指を飲み込めるようになっただけでも進歩したと喜ぶべきだろう。

まさかあのような痴態を見ることができるとは思っていなかった。

ディートハルトは当初、冗談のつもりだったのだ。媚薬を使って自慰をするところを見せてほしいなど、ユフィは拒絶すると思っていた。

だが、ユフィは彼の予想よりも大胆で、行動力もあった。

自慰行為すらしたことがないと聞いたときは、心が歓喜で震えた。

無垢《むく》な身体が性の喜びを知っていく過程を共に味わうことができるなんて、どれだけ幸運に恵まれているのだろう。

ぎこちない動作で媚薬を塗り込む姿を見つめているだけで、ディートハルトは己の欲望が猛々しく腫れているのを自覚していた。

ユフィにねだられるまで、触れないつもりだった。そして触れてほしいと懇願されたときの喜びは言葉にしがたい。

「ユフィ……なんて愛らしいんだ」

三本の指を飲み込んでいた膣がひくひくと雄を招き入れようとしている。

柔らかく熟れたが、まだディートハルトの男根を飲み込むには準備が足りないだろう。

蜜を求める虫のように、彼はユフィの太ももを広げて愛液を零す泉に口づける。

媚薬はほんのりと花の香りがしたが、今嗅いでいる香りはユフィの愛液も混ざり合った匂いだ。

男を惑わす甘美な匂いを肺いっぱいに吸い込むと、くらくらした心地になった。

「なんて離れがたいんだ」

ぴちゃり、と水音がする。

ディートハルトの舌がユフィの愛液を舐めた。だが、ユフィの蜜壺は次から次へと蜜を零し続けている。

身体中の水分が抜けてしまうのではないかと思えるほど、彼女の身体からディートハルトを惑わす蜜が零れ落ちていた。

じゅるりと強く啜《すす》る。ユフィの腰がびくんと反応したが、彼女が起きる気配はない。

——可愛い美しい、可愛い可愛い……食べてしまいたい。

ユフィを前にすると余裕など一切なくなってしまう。彼女の愛を請う哀れな男だ。

彼女が初夜を望んでいることはわかっているが、理性を失った自分がどのような暴挙を取るのか想像がつかなくて恐ろしい。

我慢を重ねた男の暴走など、見苦しくて危険なだけだ。

こうして少しずつユフィに触れることに慣れて、段階を積んでいく必要があった。そうでなければきっと彼女を壊して、二度と視線を合わせてくれなくなっていたかもしれない。

「好きだ、ユフィ……再会してからもずっと、私にとって大事な女の子はユフィだけだ」

ユフィは昔の記憶を覚えていない。

帝国を安定させるために奔走してきた十年以上もの期間、ディートハルトの心にあったのはユフィの笑顔だった。

帝国に帰らなくてはいけないと告げると、幼いユフィが躊躇いもなく言ったのだ。

『ユフィのお嫁さんになったらいいのよ！　ユフィと一緒に暮らしたらいいわ』

王家の男は他家に婿入りを果たすことが多いミレスティアならではの発想だと思った。まだ十代の少年だったディートハルトが身体を鍛える前とはいえ、花嫁になればいいと言われるとは思わなかった。

心から笑ったのはいつぶりだろう。その日からディートハルトは、ユフィとの約束を叶えるために生きてきたのだ。

たった五歳の少女に心が救われたのだということも、ユフィは知らない。

「君の前ではあの頃と同じ一人称で話しているんだが、一向に記憶は蘇らないようだな」

普段のディートハルトは、『私』という一人称を使わない。

皇国軍に長く所属していたため、口調もおのずと周囲の影響を受けて『俺』を使うことが多かった。

ユフィに怖がられたくなくて、丁寧で優しい口調を心掛けているが、元部下たちと接するときは彼女の前で決して見せない荒々しさになる。

きっとユフィはどんな姿を見せられても怖がることはないだろう。彼女は可憐な見た目と違い、度胸も根性もある逞しい女性だ。

――ミレスティアの王家は皆強い女性ばかりだった。

ディートハルトは苦笑を零しながら、飽きずにユフィの蜜を舐め続ける。

彼の唾液まみれになったそこに、ふたたび指を挿入した。中は柔らかく熟れているようだが、果たしてあとどのくらい解す必要があるのだろう。

荒い呼吸を意識的に整えながら、ディートハルトは下穿きを寛げる。

先走りが垂れた己の楔《くさび》を取り出して、ユフィの蜜口にあてた。

「ユフィ……私を受け入れてほしい」

グッ、と先端を押し込む。

柔らかな媚肉がディートハルトの先端を包み込もうとするが、同時に侵入を拒もうとしていた。

ユフィの口から苦し気な吐息が零れる。

「っ！」

ディートハルトは理性を総動員させて、己の浅ましい劣情を悔いた。

「すまない、ユフィ……もう少し時間をかけて頑張ろう」

乱れた下穿きを整えて、ユフィの身体を抱き上げる。

少し力を込めたら折れて壊してしまいそうだという恐怖感を抱いたまま、彼はユフィを浴室へ運んだ。

優しく包み込むように、泡で丹念にユフィの身体を清めてからいつも通り寝台の上に寝かせる。

凶悪的に可愛い新妻をこれ以上襲わないように堪えながら、今夜も眠れぬ夜を過ごすのだった。

第六章

ユフィは懐かしい夢を見ていた。

隣を歩くルーが歩く毛玉のような子犬で、ユフィの手足も同じく小さい。

子供の頃の夢を追体験しているような不思議な感覚だ。ユフィはいつも通りルーと一緒にふかふかのラグの上でじゃれ合っていると、女王がユフィを呼んだ。

『ユフィ、彼は我が城にしばし滞在することになった、ディートハルトだ。仲良くするんだぞ』

『ディー、とあるト？』

『ディートハルト……いや、言いにくいなら私のことはディーと呼んでほしい』

ユフィははじめて黒い髪をした人間を目にした。自分の周りも、王都にいる市井の人間も皆、淡い色の髪をしている。

色素が違う人間がいるというのは絵本の中でしか知らなかった。

それに、ミレスティアの人間は皆神秘的な美しさを持っているが、ディーには美しさより絵本の中の騎士のようなかっこよさがあった。

少し険しい目つきの少年を、ユフィは一目で気に入ってしまった。きっといい遊び相手になってくれる、と。

『ディー？　はじめまして、ディー。私はユーフェミアですわ。どうぞユフィと呼んでください。こっちの白い子はルスカ。みんなルーって呼んでいるわ』

『はじめまして、ユフィ殿下』

『ユフィだけでいいわ。ディーの色、髪も目もとっても綺麗ね……』

『褒められたことは一度もなかったが、ありがとう。ユフィもとても素敵な色をしている』

ユフィこそ自分が持つ髪色や目の色を褒められたことはない。なにせ家族全員同じ色を持っているのだから。ユフィは褒められたことが嬉しくて、はにかむように笑った。

珍しいのはディーの黒髪だけではない。彼の紫色の瞳をはじめて見て、幼いユフィは心を奪われてしまった。

いつだったか、父からもらった紫水晶の色に似ている。やすりで磨き続ければ角が取れて綺麗な宝石になると言っていたが、飽き性なユフィは磨くのを止めてしまったのだ。

――丸く磨いたら、ディーの目のようになるかしら。

第一印象はそんなことを考えていた。

女王は軽い自己紹介をさせた後、ユフィのお守りをディーに任せたようだった。

しばらく滞在する彼がなにを目的にしていたのかはわからない。

だが、ユフィが最初に感じた通りディーは面倒見がよくて、とてもいい遊び相手になってくれた。

『ユフィ、それはなにをしているんだ?』

『クッキーを作るのよ！　料理長が、型抜きならしてもいいって。ディーもやろう?』

彼がどこから来て、何故城に滞在しているのか。

詳しいことはどうでもいい。

ただ、一緒にクッキーを作ろうと誘えば嫌がらずに参加してくれる優しさが好ましくて、ユフィはすぐにディーに懐いた。

夜中にこっそり起きて、ルーと共にディーの寝台に潜り込んだこともある。さすがに彼も動揺していたが、ユフィを追い出すことはせずに一緒に眠ってくれた。

翌朝女王からディーに迷惑をかけないようにと叱られてしまったが、そのときもディーはユフィを庇《かば》ってくれた。

時間が許す限り、ユフィはディーの傍にいた。

彼の膝の上でお菓子を食べさせあったこともあるし、夜のお茶会に招いたこともある。

大人だけが楽しむ夜のお茶会に参加できたときは、ユフィも大人の仲間入りができたと喜んだものだ。

――なんで私忘れていたのかしら……。

子供の頃の懐かしい記憶を思い出して、ユフィは首をひねる。

ディーは間違いなくディートハルト本人だ。

たびたび懐かしいという気持ちを抱いていたのは、気のせいなんかではない。子供の頃体験したことを思い出していただけだ。

大人になったディーは随分変わってしまったが。線が細くてまだ少年と呼べた容姿も、十年以上経過するとあれほど逞しく変わってしまうものなのか。

――髪と目の色しか一致しないんだけど……。

ただ、これまでの十数年を思えば彼が変わってしまったのも仕方ない。変わらざるを得なかったと言えるだろう。帝位を奪うというのは生半可な覚悟ではできないし、彼が強くなければ大量の血が流れていたはずだ。

ふたたび意識が夢の中に引っ張られる。ディーがミレスティアを去った日だ。

一ヶ月ほどミレスティアにいたのに彼は帰ると言う。幼いユフィは泣いてディーにしがみついていた。

『なんでぇ！　ディーはユフィのお嫁さんになるって約束したのに！　どうしていなくなっちゃうのぉ！』

『ユフィ、泣かないで。大人になったら迎えに来るから』

『ウソ！　えんきょりれんあい、なんてうまくいくはずがないって、知ってるもの！　男はずるい生き物だから、いろんな港に恋人をつくるんでしょ』

十五歳の少年の表情が固まった。

困ったような笑顔を張り付けたまま、『誰がそんなことを言っていたの』と尋ねてくる。

『お父様が～！』

そうユフィが告げた瞬間、女王が夫の頭を叩いていた。

『だ、だって！　可愛い娘がずっと不確かな約束を待ち続けるなんて耐えられないじゃないか！　それに一途で愛情深いミレスティアの男ならまだしも、他国の男は愛人を持つことだってあると言うし。僕は認めないぞ、可愛い娘を他所の男にやるものか！』

父であるフランツがユフィを抱きしめようと両腕を広げたが、ユフィは『いや～！』と言ってディーの足にしがみついた。ディーの反対の足にはルーがしがみついている。

『ユフィ……』

悲しそうな呟きを落とすフランツを無視して、女王が告げた。

『ディートハルト、ユフィがほしいのなら先日交わした約束を守ってもらうぞ。
一、そなたが皇帝となり帝国を安定させること。
二、ユフィが十九歳になるまでにユフィを娶る準備を整えておくこと。

三、妾《めかけ》や愛人は作らないこと。
他に好きな女性ができたのであれば、すみやかに連絡するように。不誠実な男に娘はやれぬからな』

『はい、心得てます』

女王とディーの会話に、フランツが口を挟む。

『もう一個。もしユフィに愛する人ができたときは、すみやかにミレスティアから帝国に婚約解消の連絡を入れること。そうでなければ不公平だからね』

女王は納得したように四つ目も受け入れる。

ディーも四つの約束を改めて交わして、ユフィと視線を合わせた。

『ユフィ、私のことを待っていてくれるか』

優しく涙をぬぐわれながら、ユフィはこくんと頷いた。

『早くしてくれないと忘れちゃうんだからね』

『そうだな、忘れられたら寂しいな。私も早く約束を叶えられるように頑張るから、ユフィも好き嫌いせずにたくさん食べて、大きくなるんだよ』

ルーの頭も優しく撫でて、ディーはミレスティアを去った。

幼かったユフィにとって、子供の頃に交わした約束を覚えていることは難しかったらしい。

いつしかユフィの頭から、ディーとの思い出も消えてしまっていた。会えなくなって寂しい気持ちが、思い出に蓋をしてしまったのかもしれない。

徐々に意識が浮上して、ユフィは目を覚ました。

外はまだ薄暗い。日が昇っていないようだ。

——夢……いえ、私の子供の頃の記憶だったわ。

忘れたくないと強く願ったことが逆に作用して、大事な記憶を忘れさせてしまったのだろう。

子供にとって一年は長い。それが十年以上だとなれば、待ちきれなくなっていても仕方ない。ユフィの記憶が正しければ、あれから一度も他所の国の人間が王城に滞在したことはないのだから。

——じゃあお母様はすべて知ってて、私に政略結婚を持ちかけたってことよね？　約束を覚えているのか試したのかしら。

そういえばなにか含みのある顔をしていた気がする。

悪戯好きな女王が、わざわざユフィにすべてを明かすとも思えない。忘れていたとしても、嫁いだ後にディートハルトと一緒にいれば記憶が蘇ると思ったのだろう。

それに、政略結婚だったとしても彼を選んだのはユフィだ。国のためでもあったが、ユフィが外の世界を見てみたいと思ったのも事実。

昔から同い年の男性より年上の男性を伴侶に選びたいと思っていたのは、もしかしなくてもディートハルトが関係していたからか。潜在的に脳が彼の存在を覚えていたのかもしれない。

――ディー様は、お母様との約束を覚えていたのよね。それで、すべて守ってくれた。ユフィが十八歳で嫁ぐことができたのも、女王との約束通りだ。帝国を安定させて、ユフィを迎え入れる準備をしておくこと。

そのすべてを叶えて、約束通りユフィを花嫁にしてくれた。

子供の頃、ユフィがディートハルトを花嫁にもらうと言っていたが。大人になって思い出すと少々恥ずかしい。

――ううん、かなり恥ずかしいかも……！　私、ディー様にすごい我がままを言っていたわ！　いろいろ迷惑をかけたし……。ひとつ記憶を思い出すとあれこれ連鎖的に思い出しちゃうわ……！

自分から彼に求婚していたことを思い出して、寝台の上で暴れだしたくなった。

だが、ディートハルトの睡眠を邪魔したくない。

ユフィは彼を起こさないようにそっと寝顔を見つめる。

――面影はあるかもしれないわ……うん、ちょっと凄《すご》みが増して体格もよくなったけれど、面倒見が良くて優しいディー様のままだわ。

他に好きな女性を作らずに、ずっとユフィとの約束を優先してくれたのだと思うと嬉しさがこみ上げる。

同時に、ユフィも他に好きな人ができなくて本当によかった。

頻繁に年頃の娘に意中の男がいないかと探りを入れてきた父が鬱陶しいと思えていたが、こういう背景があるのなら仕方ない。

今ならディートハルトが大事な女性はユフィだけだと言ってくれた言葉を信じることができる。後は初夜を迎えるだけだ。

記憶を思い出して、さらに彼への愛が増した。このまま身体もすんなり彼を受け入れることができそうだ。互いにあと一歩を踏み出せばいい。

「ディー様……」

小さく名を呼んだ。優しい声が聞きたくなった。

ディートハルトの眉が僅かに動く。

子供の頃、紫水晶のように綺麗だと思った目がユフィに向けられる。

「……ユフィ、まだ起きるのは早い」

少し寝ぼけた声で名を呼ばれた。どうしようもなく胸の奥が甘く疼く。

頭で考えるよりも早く、ユフィはディートハルトに抱き着いていた。

「ディー様」

ユフィの体重をかけられても彼は動じない。

ユフィの頭を撫でてから、腰に腕を回して己の胸の中に抱え込む。

「どうした、怖い夢でも見たのか？」

あやし方が子供扱いされているようだが、それすら愛おしく感じる。

ユフィは彼の鼓動に耳を押し当てながら、くすぐったい気持ちを堪えていた。

「……怖い夢ではなくて、子供の頃の大切な思い出です。私、ディー様が去ってしまったことが悲しくて、寂しくて。どこかでもう二度と会えないと思っていたんだと思います。だからあの時間を忘れてしまったのかと」

「……ん？　ユフィ、まさか思い出したのか？」

ディートハルトの声がはっきり響く。どうやら眠気は去ったらしい。

ユフィは身体を起こして彼を見下ろした。

「はい！　私の花嫁になったらいいと、子供のときにディー様に求婚したのは私の方でしたわ。逆になってしまいましたが、約束を果たしてくださってありがとうございます」

「ユフィ……てっきりもう思い出さないかと」

「ごめんなさい、ずっと忘れていて。大事な思い出だったのに」

「……いや、いいんだ。ユフィが忘れていても、私にとってかけがえのない時間だったことに変わりはない。あの頃からずっと、ユフィが一番大切な女の子だ。好きだ、ユフィ。

ずっと傍にいてほしい」

「ディー様……」

ディートハルトが穏やかに微笑んだ。

少年時代の彼の表情と被って見える。

ユフィはたまらない気持ちになって彼の首に顔を埋めた。

「私も、大好きです、ディー様！　ずっと好きな男性なんていないと思っていたけれど、そうじゃなかったんだわ。ディー様のことを忘れていても、ずっとディー様が好きだったから他の男性に関心が持てなかったんだと思います。だってすごく素敵なんですもの。婚姻式で、一目惚れするくらい」

「ん？　それは初耳だな、知らなかった」

ディートハルトがユフィの腰を抱きしめながら身体を反転させた。

ユフィの背中が寝台に沈む。

視線の先にはディートハルトが機嫌よさそうに口角を上げていた。

「私に一目惚れをしてくれたのか」

「……っ！　そう、ですわ。子供の頃の記憶を忘れていたのに、ディー様が素敵すぎて……この人の伴侶になれるのだと思ったら、すごく幸運だって思ったのです。政略結婚でも、姉妹に取られなくてよかったって」

「それは光栄だ。私は十三年ぶりに再会したユフィが愛らしく成長していて、柄にもなく緊張していた。ユフィの様子から私のことを覚えていないだろうとはわかっていたが」

「なんで言ってくれなかったのですか？　そうしたら政略結婚でもなければ、ディー様が私の他に特別な女性がいるのではって疑うこともなかったのに……」

「それは……私の見た目が随分と変わってしまったから……。ミレスティアから帰国してから鍛錬を積んで、鍛えすぎたせいで人相も少々険しくなっているだろう。言いだしにくかったんだ」

　ディートハルトはバツが悪そうに答えた。

　彼もユフィを気遣い、どう接したらいいのか葛藤していたのだと思うと胸の奥がくすぐったくなる。

「そうでしたか。でも私はどうやら、昔も今も変わらずディー様が好きですわ。きっとディー様が私の好みの男性なんだと思います」

「そうか、それはなによりだ。あなた好みの男でよかった」

　ユフィの額にキスが落とされた。

　触れるだけのキスも心地いい。くすぐったくて、胸の奥がふわふわする。

「私はユフィの無邪気さに救われたんだ。なにもかも投げ出して逃げ出したいと思っていたときに、先代皇帝にミレスティアに外交という名の視察に行くよう命じられた。思いがけず有意義な時間が過ごせて、女王にも王配殿下にも感謝している。あのときユフィに、このままミレスティアにいたらいいとまで誘ってくれたことがどれほど嬉しかったことか」

「全部本心ですわ。嫌なら帰らなくていいと、今でも思いますもの」

「義務や責任ではなく、私を見て言葉をかけてくれる人間が、私の周りにはいなかった。年下の女の子にまで気遣われて情けなくもなったが、あなたの純真さに救われたんだ。求婚されたときは驚いたが……でも、ユフィを娶るために帝国に戻り、国を建て直そうと決意した。女王から期限を設けられていたから、多少無茶はしたが」

「ありがとうございます、嬉しいです」

彼の心がどこかで折れていたら、二人の縁が結ばれていなかったかもしれない。

「再会した私のことはどう思っていますか?」

ユフィが茶目《ちゃめ》っ気《け》を含んだ笑みを浮かべる。

「毎日理性が迷子になりそうで困っている。可愛すぎて貪ってしまいたい衝動を抑えるのが大変だ。妻が魅力的すぎて困るなんてことが起こるとは想像もしていなかったよ」

「理性を迷子にさせて貪ってもらいたいのですが……」

ディートハルトの手を取って、己の左胸に押さえつけた。

ユフィの鼓動が直に伝わるだろう。胸がドキドキ高鳴っている。

「こうしてすぐに理性を揺さぶってくるんだから、ユフィは悪い子だな」

「悪い子の私も、嫌いじゃないんでしょう？」

「もちろんだ、好きすぎて困る」

ディートハルトが深く息を吐いた。

先ほどからユフィの太ももに彼の欲望が当たっていることにも気づいている。

――このまま初夜を迎えられるかも……！　朝だけど構わないわ。

ユフィが期待を込めた目でディートハルトを見つめるが、彼の理性はギリギリ切れていなかった。

「今日は夏至祭があるだろう。いつもより朝が早い。一日中慌ただしくなるから、今はユフィに触れることはしない」

「ええ……でもお胸には触ってますよ？」

「……これは、触るだろう」

心臓に手を乗せたのはユフィだ。だが放そうとしないのは彼の意思。

抗いきれないとでも言いたそうに左胸を揉みしだいてくる。そんな姿が少々可愛い。

「だから、今夜。祭りが終わったら覚悟しておくように」

「足腰が立たなくなるほど攻め立ててくださるのですね！」

「なっ、そこまでは言ってない……！　というか、ユフィは一体どこでどんな知識を得てくるんだ」

「国から持ってきた恋愛小説と、お姉様たちから教わった初夜の作法などですわ。激しい夜を過ごした翌日は、足腰が立たなくなって使い物にならないとう描写があったので、どういうことなのか身を持って経験できる日を待ちわびていましたわ」

「ユフィ……」

ディートハルトの耳がほんのり赤い。あらぬ妄想でもしているのだろうか。

「と、とにかくだ。この話題は今日の夏至祭を終えてから考えることにしよう。ユフィははじめての祭りだから、存分に楽しめばいい。私は今から汗を流してくる」

「はい、ごゆっくりどうぞ」

いそいそと浴室へ去っていく後ろ姿を見送った後、ユフィも朝の身支度をすることにした。

空は日が昇っていた。今日は一日快晴だろう。

「夏至祭、楽しみだわ！」

そう元気よく呟いたのだった。

◇◇◇

一年でもっとも日が長い夏至は、ベルンシュタイン帝国の国民にとってなかなか終わらない一日となる。

早朝から夜中まで、各地で祭りが開催されるのが伝統だった。

男性は太陽神を讃える太陽の絵を身体の一部に描き、女性は夏の精霊を招く色鮮やかな衣装を身に着ける。

男女ともに肌の露出が高く、まだ初夏だというのに涼やかだ。

この日は一年でもっとも皇都に人が集まる日でもある。

夏至祭用に用意された衣装を身に着けて、ユフィも朝からずっとそわそわしていた。

「歌や踊りに演劇もあるんですってね。皇都の広場には食べ物の屋台もたくさん出店されるとか」

「そうですね、とても賑《にぎ》やかになります。手頃な値段で食べ歩きもできるので、家族連れも大勢集まりますわ」

「人が大勢集まる分、毎年警備も大変なんですよ。スリなどが起こらないように目を光らせることはもちろん、皆お酒も飲みますからね……夜になれば特に、諍いが起こったりしますので」

ユフィに化粧をするフローラと、髪を結っているハンナが華やかな祭りの問題点を指摘する。

確かに人が増えた分だけ警備にも人員を割かなくてはいけない。

祭りは楽しいことばかりではないことを思い出す。

「そうよね、皆が楽しめるようにするためには、運営や警備をしっかりしなくてはいけないものね。大変だわ……」

ミレスティアの祭りであれば、ルーを連れているだけでユフィが王族だということがわかるので、危険な暴動などに巻き込まれることはなかった。

ルーと侍女をひとり連れて祭りに参加できたというのは、治安がよかったから。そしてミレスティアの王家が民に見放されていなかったから。

帝国は他民族が多く、また近隣国から人がいつでも入国できる。このような祭りの日には、特に大勢の人間が集まるに違いない。

――気軽に私も屋台の食べ歩きがしたいなんて言えないわね……規模が違うもの。私のために警備の人員配置を変更させるわけにはいかないし。

今日ははじめての祭りなのだから、羽目を外しすぎないよう見学する側に徹するべきだ。

それに夜になれば舞踏会が開催される。ユフィは帝国の貴族や来賓客に挨拶をしなければならない。お祭りを楽しむ余裕はないだろう。

「できましたわ。いかがでしょうか」

「すごい素敵だわ。髪が複雑に編み込まれていて綺麗ね、ありがとう。白い宝石は真珠かしら」

「はい、夏の精霊は海を守護する者とも言われていますから。真珠の髪飾りを使わせていただきました。こちらは陛下からの贈り物です」

「え？　陛下から？　この日のために用意してくださったのかしら」

フローラとハンナに頷かれる。ユフィは改めて鏡に映る自分を見つめた。

銀の髪に真珠の髪飾りは一見目立たないが、ユフィが持つ神秘的な色に馴染んでいた。上品でいて控えめな可憐さを感じさせる。

――すごく嬉しい。贈り物をしてくれたなんて、今朝も教えてくれなかったのに。

密かに企《たくら》むことが好きなディートハルトらしい。ユフィの緊張が少しばかり和らいでくれたらいいと思ってくれたのだろう。

「とっても綺麗な髪飾りだわ。失敗せずに挨拶ができそう。フローラも、お化粧ありがとう」

「もったいないお言葉ですわ」

フローラとハンナが微笑み返す。

彼女たちがユフィ付の侍女となってそろそろ三ヶ月だ。一番身近にいる女性がこの二人で、ユフィにとって心強い存在となっていた。

「ルー様がお見えになりましたわ」

犬好きのフローラが、勝手に扉を開けて入ってくるルーを迎える。

「妃殿下、ルー様にもお祭り用の首輪を用意したのですが、気に入っていただけますでしょうか」

「まあ、そうなのね。ありがとう」

普段のルーはなにも纏っていない。首輪もなければ洋服も身に着けない、ただの真っ白なモフモフだ。

だが首輪をつけていない獣を怖がる人間は多い。今日のように宮殿にも大勢人が集まるとなれば、どこでルーを見つける者がいるかわからない。

ディートハルトが念のため用意しておこうと言っていた言葉を思い出す。

——ではルーの首輪もディー様が用意されたのかしら。

ハンナが持ってきた首輪は、ルーの毛に埋もれないようしっかりした幅広のものだった。

黒い革にはユフィと同じく真珠があしらわれており、首輪の中央には金で作られたベルンシュタイン皇家の紋章がぶら下がっている。

これがあれば、ルーがただの飼い犬ではないことがわかる。皇族の一員として扱われるのだが……まさかそこまでしてくれるとは思わず、ユフィは思わず首輪を凝視した。

「想像以上にすごいのだけど……まさか皇家の紋章までくださるなんて」

「陛下のお心遣いで、特別に作っていただいたそうです。これをしていたら、ルー様のことを知らない方でも、無礼を働かないだろうと」

「そうね、さすがにそんなお馬鹿さんは招かれないでしょうね……。ルー、今日は一日これをつけてほしいのだけど、我慢してくれる？　陛下があなたのために作ってくださった特別なものよ」

「ワフッ！」

ルーが機嫌よく尻尾を振った。鼻をユフィの手の指にこすりつけている。

「よかった、気に入ったみたいだわ」

ルーに首輪をつけるのははじめてだ。ルーは飼い犬ではなく、ミレスティアの神獣であり親友だから。

「できたわ」

首輪を嵌めたルーは何度か首を振って重さを確かめている。

白い毛に埋もれないよう黒い革を選んでくれたのだろう。長い毛の隙間から、真珠がきらりと光って見えた。ルーの胸元で揺れる金色の紋章……つい目を奪われてしまう。

「かっこいいわよ、ルー。後で陛下にお礼を言いましょう」

そう話していたら、ディートハルトが私室に戻ってきた。

「支度は整ったようだな」

「陛下」

彼もすでに夏至祭用の式典服を纏っている。伝統的な刺繍が施された白い衣装だ。普段は黒を着ていることが多いため、とても新鮮に映る。

黒い髪をきっちりセットされているのも魅力的だ。思わずユフィは視線を奪われた。

「素敵ですわ、陛下。でも陛下の衣装は長袖なのですね」

「ああ、そうだな。ユフィは……まるで本物の妖精のようだ。このまま攫われないか不安になる」

真顔でなにを言っているのだろうと思いつつ、そんな風に褒めてくれることがくすぐったい。

綺麗に化粧と髪を整えてくれた侍女二人に感謝だ。

「だがやはり露出が多いな……不特定多数の人間に見せるのが惜しくなってきた。もう少し肌を隠せるように今からでも変更できないものか」

「ショールを用意しておりますから、大丈夫ですわ。私も、少々恥ずかしいですし」

胸元が大きく開いており、肩も腕も露出している。

身体の線に沿った美しいドレープは、スリットが大きく入っていた。動きやすさを重視しているのだろうが、太ももまで見られてしまうことが気恥ずかしい。

この程度の露出は一般的なのだと思っていても、なかなか慣れそうになかった。

「私の髪飾りと、ルーの首輪もご用意してくださりありがとうございました。とても気に入ってくれて、得意げな顔をしていますわ」

「ワン」

同意するようにルーが一声吠えた。

「それはよかった。得意げな顔かどうかは少々わからないが、首輪をつけていたらルスカの行動も制限しなくて済むだろう。せっかくの日にひとりだけ部屋に閉じ込められるのはかわいそうだからな」

「ワフゥ」

閉じ込められるのは嫌だ、と言いたげに尻尾で床を叩いた。

「ルーは行儀がいいので、人に襲い掛かったりしませんし。普通の獣とは違いますから大人しくもできますので、なにか気になることがありましたら直接伝えてくださいね。理解できますから」

「そうだな、ルスカにとっても楽しい一日となるといい」

ディートハルトがルーの頭を撫でる。気持ちよさそうに目を瞑っていた。

「では、そろそろお披露目といこうか」

ユフィは彼の手にそっと自分の手を重ねて、宮殿の敷地内にある演説会場へ向かったのだった。

熱気に包まれたまま皇帝の演説と皇妃のお披露目が終わった。

凄まじい拍手と声援を浴びて圧倒されそうになったが、ユフィはなんとか笑顔で役目を果たすことができた。ディートハルトがユフィの肩を抱いて、仲睦まじい姿を見せられたことがよかったのだろう。

——受け入れてもらえてよかったわ……。

心無い罵声を浴びせられることもなく、好意的に迎えてもらえたのだと肌で感じることができた。

帝国に嫁ぐ前は、公務は最低限にしたいなどと女王と話していたが、今は違う。ユフィにできることならなんでもしたいし、ディートハルトにだけ背負わせたくはない。

守られて甘えるだけの存在ではなく、相手にも同じくらい返せる人になりたいのだとはっきり自覚した。

昼食を摂り、休憩を挟んだ後。

ユフィはふたたびフローラとハンナの手を借りて衣装を脱ぐ。次に待ち構えるのは小宮殿で開かれる舞踏会だ。

開始時刻よりも随分前から湯浴みをして、舞踏会用のドレスに着替える。

先ほどの衣装は純白に金色の刺繍が縫われていたが、舞踏会用のドレスは青色だ。

ユフィの目の色と同じアクアマリンやサファイアがドレスの胸元に縫い付けられており、

光に当たるとキラキラと反射する。

舞踏会用に濃いめの化粧をすると、実年齢より少しばかり年上の淑女に変身した。

――踵の高い靴を履いているし、少しはディー様と並んでも見劣りしないかしら。

踵が高いだけではディートハルトの隣に並んでも変化はないだろうが、気持ちの問題である。

ピンと背筋を伸ばして、美しく気高い皇妃と思われるように失態は侵したくない。そんなユフィの心情を感じ取っているのか、心なしかルーまでもがいつもより姿勢よく凛々しい表情を浮かべていた。皇家の神獣として恥じない振る舞いを心掛けているのだろう。

「妃殿下、こちらで陛下をお待ちください」

ディートハルトの側近のエヴァンがユフィを舞踏会の広間に案内する。

しかし扉を開けた先は、まるで歌劇場のホールだった。

「え？　ここ？」

中は明かりが落とされていて少々薄暗い。入り口付近にはずらりと客席があり、奥には舞台があるようだ。

「エヴァン、こちらは」

「はい、舞踏会が行われる小宮殿は隣なのですが、その前にここでひとつ見ていただきたいものがあるのですよ。お時間はとらないので、お好きな席にお座りください」

「ええ……なにかしら」

薄暗かったホールに明かりが灯る。

ユフィはよく理解できていないまま、舞台が見えやすそうな中央の席を選んだ。隣の席にルーが飛び乗り、行儀よく前を向いている。

「こんな立派な歌劇場ははじめて見たわ。これも舞踏会前の余興かしら？」

「クゥン」

そうかもね、とルーが返事をした。

ディートハルトもやってくるのだろうか。

そわそわした気持ちで待ってみるが、彼がやってくる前に客席側の明かりが落ちて、舞台に明かりが照らされた。

「あれ、ディー様？」

幕が上がる。舞台の中央に立っていたのはディートハルト本人だった。

舞踏会用の衣装はユフィと同じく青を基調としている。とても凛々しくかっこいい装いだが、彼の手に長剣が握られているのが気になる。

一体なにをする気なのだろう。

不安と興奮がユフィをドキドキさせる。

固唾を呑んで見守っていると、ディートハルトが大きく剣を一振りした。

ヴォン！　と空気を斬った音が届く。

びりびりとした空気の揺れが伝わってきた一拍後、彼の剣に炎が灯った。

「……ッ！」

一体どういうからくりだろう。

先ほどまではなんの変哲もなかった剣が燃えている。

ユフィが小さく名を呼んだ。その声が彼に届いているのかいないのかはわからないが、

「ディー様……！」

舞台の上で怯むことなく、炎の剣を一振り、二振り、危なげなく回しながら空を斬っている。

——これは剣舞……？　いえ、炎舞とでも言うのかしら。

剣を振り下ろすたびに炎が美しく弧を描いた。並大抵の人間では扱うことすら難しそうだ。

ディートハルトは炎の剣を己の手足と同じように自然に動かしている。ひと際大きく足を踏み出し、剣を突いた。

炎を纏った剣が空中で円を描く。落下する剣をディートハルトは軽々摑んでみせた。

不規則と思われる動きを見つめながら、ユフィはあることに気づいた。

——ミレスティアの求愛ダンスで用いられるステップが入ってる……！

三つの簡単なステップを組み合わせて独自のダンスを作るのが、ミレスティアの一般的な求婚方法になる。

そのような風習は他国ではないため、ユフィは帝国に嫁ぐ前に諦めていた。自分への求愛ダンスは見られないのだろうと。

けれど、今目の前でディートハルトが力強い炎の剣舞を踊りながらミレスティアの伝統的なステップを組み合わせていた。

——間違いないわ。ディー様は私のために踊ってくださっている……。

徐々に炎が弱まっていく。

そして完全に火が消えたと同時に、ディートハルトの動きも止まった。

ユフィは詰めていた息を吐きだして大きく手を叩こうとした。が、それよりも早くどこからともなく拍手が聞こえてくる。

「え?」

二階のバルコニー席から誰かが拍手をしている。その人物の姿を見て、ユフィの目が真ん丸に見開かれた。

「お、お母様……お父様⁉」

「素晴らしい舞だったぞ、皇帝陛下。ああ、ユフィ、久しいな。元気そうでなによりだ。ルーも変わりはないようだな」

「ええ、なんで？　どうしてここに……！」

ユフィはあわあわしながら席を立った。そして舞台から降りてくるディートハルトの元へ急ぐ。

「ディー様、すごい素敵でしたわ！　素晴らしい剣舞でした。でも一体どういうことなのか説明してくださいませ！　どうやって剣が燃えていたのですか？　何故突然このようなことを？　それに両親がいらしているなんて聞いていませんわ」

「落ち着け、ユフィ」

ディートハルトが客席にまで近づいてくる。彼の手を取って、ユフィは二階から見下ろしている両親をふたたび確認した。……やはり気のせいではなかった。

「特殊な剣を使用した。剣に細い溝を作って油を纏わせ炎を着火させてみたんだが、想像以上にうまくいって良かった」

「そんなことができるのですね。すごいですわ！」

「ありがとう。気に入ってもらえてよかった。ミレスティアの女王陛下と王配殿下には、舞踏会の招待状を送っていたんだ。船旅で長期間国を空けることになるため、難しいかと思っていたのだが」

「娘が嫁いだんだ、一度は足を運ばねばなるまい。今後の国交についても議論を交わしたいしな。不在中はマリアーナたちがいるから問題はない」

第一王女であるマリアーナは次期女王としてすでに政務に関わっているのだが、さすがに長期間女王が不在になったことはないため戸惑いも多いだろう。

だが第二王女のヴィクトリアも補佐としてついているため、大きな混乱は発生しないはずだ。

「一言教えてくださっても……」

「それではつまらぬではないか」

女王がにんまり笑った。実に楽しいことが好きな彼女らしい。

「いろいろ理解しましたわ。両親を招待してくださりありがとうございます。でも、今の舞は？　間違いなくミレスティアの求愛ダンスでしたわよね」

「ああ、そのつもりだ。ユフィが、ミレスティア式の求婚方法をされないのは寂しいと嘆いていたという話を女王陛下から聞いたのでな……私になにかできないかと思って、舞踏会前の時間を無理やりねじ込んだんだ」

ディートハルトが照れている。今になって恥ずかしさがこみ上げてきたらしい。

「熱いな」と呟きながら顔の熱を引こうとしていた。

「そうだったのですか……お忙しいのに私のためにダンスまで……」

「ユフィが喜ぶかと思って。嬉しかったか？」

その言葉に、ユフィの胸がキュッと締め付けられた。

「はい！　もちろんですわ。ディー様、大好きです！」

飛びつく勢いでディートハルトを抱きしめる。すぐに抱きしめ返してくれるところもすべてが好きだ。

いつの間にか二階のバルコニー席から降りてきていたユフィの両親が、娘夫婦の仲睦まじい姿を見守っている。

「ユフィ……あんな熊のような男に懐くなんて……」

「いい加減嘆くな、フランツ。娘が幸せに笑っているのだ、我らが祝福せずにいてどうする」

「もちろん祝福するさ、でも男親の複雑な心境なんだよ」

背後から両親の会話が聞こえてくる。

父は相変わらずだな、とユフィは微笑ましい気持ちになった。

「はいはい、そろそろ舞踏会の時間が迫っているので、皆様移動をお願いしますね。陛下は、今の炎舞を舞踏会でも見せたら話題性間違いなしですが」

「断る！　今のはユフィに捧げた舞だ。他の人間に見せたら減る」

「それは残念ですが、仕方ありませんね」

エヴァンの提案はあっさりディートハルトに拒絶された。

「後は我々に任せて、舞踏会に行ってらっしゃいませ」

歌劇場と舞踏会が開催される隣の小宮殿は、外に出なくても内部から繋がっている。

ディートハルトに案内されて、目的地にたどり着いた。

「では、我々はホールに向かうとしよう。皇帝陛下、ユフィをよろしく頼むよ」

「はい、お任せください」

女王は颯爽とドレスを翻した。夫のフランツのエスコートと共に、二人は去っていく。

「なんだか嵐のようだったわ」

ディートハルトが喉奥で笑った。彼も似たような感想を抱いたのだろう。

「それでは、皇妃よ。私と共について来てくれるか？」

「はい、どこへでもお供いたしますわ」

ディートハルトの手に己の手を重ねて、ユフィはふわりと笑いかけた。

握りしめられる手の温もりを心地よく感じながら、舞踏会場の扉を開いたのだった。

◇◇◇

日付が変わる時間になって、ようやく長かった一日が終わりを迎えた。

身体はくたくただが、不思議と頭は冴《さ》えている。高揚感が消えてくれないからかもしれない。

就寝支度を終えたディートハルトが、寝台の上に座ったままのユフィに声をかけた。

「ユフィ、まだ寝ていなかったのか」

ディートハルトの髪はまだ少し濡れている。

そんな些細なことがユフィの胸をドキドキさせた。毛先が濡れているだけで色っぽく感じてしまい、今夜の触れ合いを期待する。

「はい、だって今朝約束しましたでしょう。最後まで触れてくれるって」

「……もちろん、私はいつでも触れたいと思っている。だが、今日はもう疲れただろう。無理をさせたいわけではない」

「無理ではないですわ。ディー様に触れていただけるのをずっと待っていたのです。こうして鳥かご越しではなくて、抱きしめてもらえるのを」

ユフィは正面から寝台に乗りあげたディートハルトに抱き着いた。

湯上りのため彼の身体はいつもより体温が高い。これからもっと触れ合えるのだと思うと、ユフィの熱も上がりそうだ。

「ユフィ……」

ディートハルトの声に甘さが混じる。

ユフィを寝台に倒して、慣れた手つきで彼女のネグリジェを解いてしまった。すかさず自身が纏っている衣も脱いでしまう。

裸体を晒しながら、ディートハルトは懇願するようにユフィを見つめていた。紫の瞳の奥には、隠しきれない劣情の焔が揺れている。

「ずっと自分が暴走するのではないかと恐れていた。だが、ユフィと少しずつ触れ合っていくうちに、ユフィへの耐性がついたらしい。こうして会話をしながらネグリジェを解けるくらいには」

「ディー様……嬉しい。もっとたくさん触れてほしいですわ。我慢なんてしないで、ディー様を全部ください」

「私が与えられるものならなんでもやろう」

唇が優しく触れ合う。

熱を分け与えるような口づけは不思議と甘い。

何度も角度を変えて舌を吸われるだけで、ユフィの腰にはじんわりとした熱が集まっていた。お腹の奥が疼きだす。

下着に潤みを感じるまで時間はかからなかった。

「あ……ンゥ……ッ」

「ユフィ……もう我慢しなくていいなら、この肌に痕をつけたい」

唇が離れたかと思いきや、ユフィの耳を優しく食《は》まれた。ディートハルトの指先がユフィの首筋から肩まで撫でていく。

「ん……っ、はい……たくさん、つけてくださ……い」

ディートハルトの呼吸が荒くなった。

耳をざらりと舐められた後、耳の穴まで彼の舌に犯される。

「ああ、私のものだと刻みつけたい」

「ンァ……ッ！」

重低音の美声が直接鼓膜に吹きかけられる。

ユフィの背筋に電流がかけた。お腹の奥がキュウッと収縮して、下着がしっとり濡れていく。

ユフィは仰向けで抱きすくめられながら、ディートハルトの愛撫に翻弄されていた。

まるで彼が逃がさないとでもいうようにユフィの四肢を絶妙に拘束するため、ユフィは腕を動かすこともできない。

柔らかな檻で抱きしめられながら、首筋を強く吸われた。チクリとした痛みが走るが、鬱血痕がついたであろう皮膚を丹念に舐められる。

「ああ、綺麗だ……あなたの肌は白いから、すぐに痕がつくな」

「あぁ……ディー様、見える場所はダメ……です」

「……そうか、まだユフィのご両親が滞在するんだったか。では、ここだけにしておこう。

これなら髪を下ろしていれば気づかれない」

本当にそうなのかはわからないが、ディートハルトが言うならそうなのだろう。

ユフィは納得したように頷くと、すぐに顔中に彼のキスが振ってきた。

「可愛い、ユフィ……全部食べてしまいたいくらい可愛い」

「……嬉しい……おいしく食べてくださいね」

腕の拘束が緩んだ。

その隙にユフィは両腕を上げて、ディートハルトの首を抱きしめた。

「ディー様、好き……ずっとこうして抱きしめながら愛を交わしたかった」

鳥かごに入っていたら、素肌のまま抱きしめることなどできなかった。

服の上から抱きしめたことは幾度もあるが、互いの体温を分け合うような抱擁はこれがはじめて。

邪魔なものなど一切ない。鼓動も体温もすべてを直に感じることができて、ユフィの胸の奥に充足感が広がっていく。

彼の肌に刻まれた無数の切り傷も愛おしい。ユフィには想像もできないほど壮絶な日々を過ごしてきたのだろう。

「ああ、ユフィ……私もだ。本当は裸で抱きしめたくてたまらなかった。だがそんなことをしたら、すぐにあなたを抱き潰してしまうだろうと思っていた。今もユフィの胸が私の胸に潰れて、たまらない気持ちになる……」

はあ、と熱っぽい息が吐かれた。

ディートハルトの欲望がすでに臨戦態勢になっている。太ももに当たる彼の楔は火傷《やけど》しそうなほど熱くて硬い。

「ディー様……」

ドキドキする鼓動も伝わっているだろう。ユフィの下着がもうぐちゅぐちゅに濡れていることも気づいているかもしれない。

ずっとこのまま抱きしめていたい。だがそれだと繋がることは難しい。

名残惜し気にユフィは彼の首から腕を下ろした。

ディートハルトの手が豊かな胸を柔らかく揉みしだく。何故彼に触れられていると思うと、胸だけで感じてしまうのだろう。痛みを感じない強弱で優しく乳房を弄られているのが卑猥に見えた。

ぷっくり膨らんでいる実を摘まんでほしい……その願い通り、彼の親指が先端の赤い実を転がして刺激を与えてきた。

「アァ……」

「はぁ、魅力的すぎて困る……いつまでも触れていたいくらい可愛くてたまらない。この実はもう食べごろだな」

カプリ、と左胸が食べられてしまった。

肉厚な舌がユフィの実を転がしては強く吸い付いた。

「ンン……ッ！」

お腹の奥が熱くてたまらない。子宮が強く収縮しているのが伝わってくる。

右胸を手でやわやわと揉まれながら赤い果実に吸い付かれて、先ほどからぞわぞわした快感がせり上がっていた。

胸だけで気持ちよくなってしまう。思考も靄《もや》がかかったようにうまく働かない。

ディートハルトが右胸にも吸い付いて、左胸と同じく淫らな赤い実に変えていく。先ほどまで胸を揉んでいた手はするりとユフィの肌を撫でながら、彼女の下着の紐をほどいていた。

「ああ、ここもすごいぐちゃぐちゃだな」

「ひゃ……ッ！」

彼の長くて太い指が秘所の割れ目を撫でた。それだけでぐちゅりとした水音が響く。

「ユフィの蜜が滴り落ちている。これだけ溢れていたら中は潤っているだろうが……媚薬と香油には痛みを和らげる作用があったんだったか」

ディートハルトがそんなことを呟きながら、ユフィの花芽をグリッと刺激した。

「ン――ッ！」

背筋が弓なりになり、腰が大きく跳ねる。

強制的に階を上らされて、落下したような浮遊感を味わっていた。これが達することだというのは、何度か経験したので容易にわかる。

「はぁっ、はぁ……」

真っ白な世界に放り出されて戻ってくると、しばらく四肢が動かせない。

荒い呼吸を整えている間に、ディートハルトが寝台に戻ってきた。手にはユフィが用意していた媚薬と香油の瓶を持って。

——そういえば小箱の鍵は閉めていなかったわ……。

「……いつの間に……」

「すまない、先に手元に用意しておくべきだった。ユフィをたくさん気持ちよくさせて、初夜が痛くならないようにしよう」

ディートハルトが迷わず媚薬の小瓶を開けて、己の手に垂らしている。

それをユフィの蜜壺へ塗り込み始めた。

「ンンッ！」

長くて太い指が入ってくる。ヒヤッとした冷たさは一瞬で消えて、すぐに膣が熱を帯び始めた。

「あ……熱い……」

膣壁に塗り込むように何度も指を往復している。小瓶を空にするまで丹念に媚薬が塗り込まれた。

――はぁ……奥から疼きがすごい……もっと触れてほしい、たくさんディー様の精を注いでほしい……。

ユフィの目が潤みを帯びる。

口から熱い吐息が零れていた。

「熱くて、お腹がムズムズして……もっと、ディー様……ください」

「ユフィ、すぐに私をあげよう」

そう言いながらディートハルトが香油の小瓶を開けた。それを半分ほど手に垂らすと、臍《へそ》にまでつきそうなほど反り上がった彼の雄へ纏わせる。

媚薬の効果でユフィの中はちょうどよく解れているだろう。だが念には念を入れて、ディートハルトは己の楔にも香油を塗り込むことにした。こちらは痛みを和らげる成分が入っている。

指が三本挿入できることを確認し、ディートハルトは欲望の先端をユフィの蜜口に押し当てていく。

「ユフィ……私の愛を受け取ってほしい」

「はい……」

熱い質量を感じた直後、ユフィの胎内にディートハルトの巨根がじりじりと飲み込まれていった。

「ア――……ッ」

か細い悲鳴を上げる。

圧倒的な質量が隘路《あいろ》を進み、内臓を押し広げていく。その衝撃は想像以上で、ユフィの眦から雫が零れた。

「ユフィ……ッ、すまない、苦しいか？」

半分ほど進めたところで、ディートハルトが動きを止めた。

ぽろぽろと涙を零す彼女の頬へ唇を寄せて、雫を舐めとっていく。

自分本位ではなく、気遣ってくれることが嬉しい。

――お腹がいっぱいで苦しいけれど、でも……全部ほしい。

「少しだけ……でも、大丈夫です……痛みより圧迫感が苦しくて……」

媚薬の効果があるのだろう。思っていたような破瓜《はか》の痛みは感じていない。ただ内臓を押し上げる圧迫感が慣れなくて、束の間《つかま》呼吸を忘れてしまった。

「そうか、それならもう少しこのままでいよう」

中途半端に挿入したまま動かずにいてくれる。きっとディートハルトにとっては生殺し状態だろう。

――ディー様、苦しそう……。

じんわりと滲んだ汗と、眉根を寄せて耐えている表情が凄絶に色っぽい。

これは自分だけに見せてくれる顔だと思うと、ユフィの子宮がキュンとした。自分でも気づかなかった独占欲が刺激されたようだ。

「……ッ！　あまり、締められるのは困るな。それとも余裕ができたのか」

甘さの混じった低い美声が腰に響く。

余裕は一切ないけれど、ユフィの胸は高鳴りっぱなしだ。

一体どこまで素敵なのだろう。

「ディー様、もう大丈夫なので全部ください……もっと奥までほしいの」

「ユフィ……」

彼の表情が緩んだ。お預けを食らっていた犬がご褒美をもらえたときの顔に似ている。

「……っ、ありがとう、もう少しだけ頑張ってほしい」

小柄なユフィがディートハルトの雄をすべて飲み込むことはできないだろうが、最奥まで満たしてほしい。余すところなく繋がることができたら、きっとこれ以上ないくらいの幸福感を得られるだろう。

「アァァ……ッ」

膣壁を擦られるのが気持ちいい。こんな感覚ははじめて知った。

ディートハルトは慎重に腰を押し進めて隘路を拓《ひら》いていき、コツンと行き止まりに到達した。

ドクドクと脈打つ質量を感じながら、ユフィは詰めていた息を吐く。

「はぁ……入った……」

「ああ、頑張ったな、ユフィ。ありがとう。辛くはないか？」

「ん……なんとか……」

みっちり満たされているのが慣れないが、徐々に苦しさが薄れていく。ユフィの心に湧き上がるのは、ようやくひとつになれたことへの喜びだ。

――嬉しい……。

「ディー様が私の中にいる……」

下腹に触れる。そこにははっきりとディートハルトの存在を感じられた。

「そうだ、ここに私がいる。私以外の誰にも触れさせてはいけないぞ」

彼の手がユフィの下腹に触れて、大きく撫でた。額に触れるだけのキスを落とされる。

身体の全身で彼の存在を感じられて、ユフィの目がとろりと蕩けた。こんな恍惚感は今まで味わったことがない。

ずっと最後まで繋がれずようやく得られたからこそ、これほどまでに嬉しいのかもしれない。

「はい……ディー様しかほしくないもの……だからもっと、ください」

両脚を広げられてゆっくり律動が開始される。

彼の楔で膣壁が擦れるたびに、じくじくとした疼きが薄れていく。

――痛みよりも、すごく気持ちいい……もうディー様のことしか考えられない……。

甘い吐息と嬌声が零れていく。言葉を交わすことより、今は身体を交わせたい。互いの熱を共有して、ぐちゃぐちゃに溶け合ってしまいたい。

「ユフィ、可愛いユフィ……愛している。私のすべてを受け取ってほしい。ここに精を注ぎ込んで、私の子を産んでくれるか」

トントン、と最奥を刺激された。

ここに精を注がれたら彼の子が宿るのだと、ぼんやりした頭で考える。

「ディー様の赤ちゃん、ほしいです……」

まだまだ二人だけでいたい気持ちもあるが、子供を宿したらさらに幸福な気持ちになれるだろう。ユフィの両親は子供が増えるたびに幸せそうに笑っていた。

それにユフィの皇妃としての役目もひとつ果たせることになる。

「そうか、よかった。これからたくさん子供を作ろうか」

「あぁ……ンッ」

ユフィが感じる箇所をひと際強く擦られて、嬌声が漏れた。ビリビリとした震えが背筋を駆ける。

子宮が疼いてたまらない。彼の精が早くほしいのだと、本能が訴えているかのよう。

こんなに気持ちよくなっていたら、すぐに子供も宿してしまいそうだ。

――ディー様となら可愛い子供ができるわ……。

愛する人との子供は、どんな子でも可愛いに決まっている。幼いディートハルトに会えるかもしれない楽しみもありそうだ。

ただ、ユフィが母のように七人も産めるとは限らない。ディートハルトが考えるたくさんが何人くらいなのか、あとでじっくり相談しなくては。

「ディー様……好き」

「ッ！　ああ、私も好きだ」

結合部から響くぐちゅぐちゅとした淫靡な水音が二人の官能を高めていく。

体格差があるため、ユフィが彼を抱きしめられないことが少しだけ切ない。

「ア……アァン……ッ」

ディートハルトがユフィの胸の飾りをキュッと摘まんだ。腰がびくびくと跳ねて、反射的に中にいる彼の分身をギュッと締め付けてしまう。

「ぐっ……」

彼の切羽詰まった声と表情が余裕のなさを表している。

獣のような劣情を浮かべていた紫の目は凄絶な色香で濡れていた。

「はぁ、ユフィ……ッ」

腰をグッと最奥に押し付けられたまま、ディートハルトにぷっくり膨らんだ花芽を刺激された。

「あぁ――……ッ！」

ユフィが達したと同時に、ドクドクと最奥に彼の精が注がれる。胎内にじんわりとした熱が広がっていった。

「ああ、ようやく……」

それはユフィが呟いたのか、ディートハルトが呟いたのかわからない。

――ああ、すごく幸せ……。

急激な睡魔に襲われる。彼の素肌に抱かれたまま眠りに落ちてしまいたい。

だがユフィの中で果てたはずのディートハルトの雄は、ふたたび元気を取り戻していた。

――あれ？

違和感に気づいたと同時に、彼の囁きが落ちてくる。

「まだまだユフィが足りない。もう一戦付き合ってもらおうか」

「きゃあ……っ！」

繋がったままグイッと身体を持ちあげられて、ディートハルトの膝の上に乗せられてしまう。

深々と楔を奥深くに咥えこんでしまい、ユフィの視界がちかちか瞬いた。

「アァ……ッ！　ディー……ふかいの……」

強すぎる刺激が慣れない。眠気が一気に吹き飛んでしまった。

重力で彼の雄を目一杯受け入れてしまう。先端が子宮口を突き上げている感覚に、ユフィはぶるりと小刻みに震えた。

「あ……あぁ……っ」

「ユフィ、可愛いな。自から腰を振って誘惑するなんて」

「ん、ぁあ……ンンッ」

違う、そんなつもりじゃない。

だが否定する言葉が出てこない。口から甘やかな嬌声が漏れるだけ。

ディートハルトの手がユフィの両腰を持ちあげて落としてくる。抜けようとすることもできず、強すぎる衝撃がユフィを襲った。目の前に火花が散る。

ぐちゅぐちゅと響く水音も濡れた下肢も恥ずかしいのに気持ちよくて、快楽から逃げたいのか得たいのかもわからない。

「ディー、ディーさまぁ……」

「ああ、ユフィ。蕩けた顔も愛らしい」

腰に手が回される。グッと密着したままキスをされて、ユフィは熱に上せたような心地に陥った。

——熱くて、くらくらする……。

ディートハルトの色香に酔ってしまいそうだ。身体の芯まで溶けてしまったかのように力が入らず、彼に縋《すが》りついてしまう。

口内を攻められながら、不埒な手がユフィの臀部《でんぶ》を揉みしだいた。上も下も繋がったまま、ユフィはただひたすら快楽の波に飲み込まれまいとディートハルトに身を委ねるだけ。

「はぁ、あぁ……ッ、ンあぁ……」

「柔らかい、どこもかしこも。かじりついてしまいたくなる」

そんな独白もどこか心地よく響いた。

獣のように食べたいと言われることも喜びに変換されてしまうなんて、この一晩でユフィの身体も心もディートハルトによって作り替えられてしまった。

「ユフィ、ユフィ……」

囁くような声がユフィの耳朶《じだ》を打つ。

グッと最奥を穿《うが》たれたまま、ふたたび白濁とした飛沫がユフィの胎内を満たしていく。

——ああ、これで……。

ようやく眠りにつけそうだ。ユフィの意識が夢の中へ落ちていく。

まだ気力と体力がありそうなディートハルトの精力を今後どうやって満たしたらいいの

か。そんなことをぼんやりと考えながら、抗えない睡魔に流されたのだった。

◇◇◇

「ユフィ？」

腕の中に眠るユフィがぐったりしている。二度の交わりは彼女の体力を奪ってしまったようだ。

箍が外れて無茶をさせたらしい。ディートハルトは自嘲する。

ようやく初夜を迎えられたことに少々我を忘れたが、後悔はしていない。今までなにを我慢していたのかと思うほど心が晴れやかだ。

だがこれも鳥かごの中で散々ユフィに触れてきたから、本番では暴走しなかっただけ。何度も練習ができていたから、気遣う余裕が残っていたと思っている。

ユフィの中は温かく包まれていて心地いい。

ここから出なければいけないのは抗いがたいが、ユフィがゆっくり休めない。

ディートハルトはユフィを起こさないように寝台に寝かせてから、自身の楔を引き抜いた。彼女の赤く色づいた媚肉が、引き抜かれるのを拒むようにディートハルトを誘う。

「ク……ッ、二度も出したのにまだ収まらない……」

ぽっかり開いたままの小さな穴が、ひくひくと収縮していた。こぽりと零れる蜜は、彼女の愛液と己が放った白濁の他に、赤い色が混じっていた。

破瓜の血が白濁と混ざり合っているのを直視すると、なんとも形容しがたい心地になった。

「ユフィ……」

ディートハルトの目にふたたび劣情が浮かび上がる。

ガチガチになった欲望は、自身で処理するしかない。あと二回は出さないと満足しないだろうと自嘲めいた笑みが零れる。

「身体を清めないといけないな……」

そう思うのに、ユフィから視線を逸らしたくない。

火照った肌が艶めかしい。薄く開いた唇に吸い寄せられるようにキスがしたい。

先ほどは余裕がなくて、彼女の秘所を舐めることもできなかった。

次は丹念に舌で解して何度もユフィを高みに上らせてから、ぐずぐずに蕩けた蜜壺に己の屹立を挿入して……と思考がすぐに暴走する。

濡れタオルを用意して、ユフィの身体を清める。

彼女の豊かな胸に触れると、ずっと触れていたい衝動に駆られた。

「魅惑的すぎて困る……ユフィの胸だからか」

豊満な女性が好ましいと思ったことはない。だがユフィの胸に触れていると、自分でも気づかなかった欲望に目覚めてしまいそうだ。

いつか胸の谷間にディートハルトの欲望を挟んでくれるだろうか。

真っ白な肌から赤黒い雄が覗《のぞ》く姿はひどく卑猥だ。これ以上彼女の肌を穢してしまうのはダメだと思うのに、もっと全身を犯したくてたまらなくなってしまう。

――まるで征服欲ではないか。そんな感情などなかったはずなのに……ユフィを前にするとダメになる。

このまま鳥かごに移動して、寝ている彼女を閉じ込めてしまいたい。

鍵はユフィが持っている。それを奪う真似はしないが、いつも開けっ放しの扉を閉めるだけで、ディートハルトは歓喜で震えてしまいそうだ。

愛しい新妻が鳥かごに閉じ込められているなんて、想像するだけで最高ではないか。

食事は自分の手で与えよう。あの純粋な目が見つめるのは自分だけでいい。可愛い囀《さえず》りを聞くのも夫の特権だ。

そんな欲望がこみ上げてくるのを止められない。

ユフィを閉じ込めるために鳥かごを作ったのではないと、エヴァンにもユフィにも宣言したというのに。今は閉じ込めている妄想をして自分の劣情を抑え込もうとしていた。

しかし、そんな願望を抱いていると知っても、ユフィは動じなさそうだ。むしろ自ら鳥かごに入り、鍵を閉めるように告げて中で寛ぐ姿まで想像できる。

お菓子を食べさせてほしいとねだり、ここぞとばかりに甘えてくるだろう。なにせ鍵は彼女が持っているのだから、出ようと思えばいつでも出られるのだ。

——ああ、それもいいかもしれない。愛しい妻を愛でる檻にしても。

ディートハルトの目に暗い焔が灯る。

行き過ぎた愛情がどこへ向かうのか、彼自身も予測がつかない。

それにもしユフィが望むなら、ディートハルトが閉じ込められてもいい。

彼女の手で食事を食べさせられて、鳥かご越しに口づけをできるのも、とびきり甘く感じられそうだ。

鳥かごは二人の愛の巣として、ずっとあの部屋に置いておこう。そしてもっと居心地のいい空間に作り上げたらいい。自ら入りたくなるほどに。

「美しい小鳥の羽根は飛べない程度にもがなくては。そうだろ、ユフィ?」

自分の羽根も彼女にあげるから。

そうしたらどこまでも二人は一緒で、対等になれるだろう。

エピローグ

ユフィが帝国に嫁いでから五年後。二人の間に早くも三人の子供が産まれていた。

第一子の男児がひとりと、双子の姉妹。そしてユフィのお腹の中には、まだ性別がわからない四番目の子供を妊娠している。

「ミレスティアの王家が子宝に恵まれるって本当なのね」

少し膨らんできたお腹をさすりながら、ユフィはしげしげと呟いた。

中庭には、四歳になった息子と二歳の娘たちがルーと一緒に遊んでいる。

ひとつ違うことと言えば、ユフィの子供たちにはミレスティアの神獣が生まれていない。ミレスティアの王家に子供が生まれれば、同時期に神獣の子供もどこからともなく現れていたのだが。子供たちは帝国の後継者と見なされているからだろうか。

少しだけ寂しい気持ちになるが、それは仕方ないことだ。ユフィの傍にずっとルーがいる喜びを味わえなくても、子供たちに寂しい想いをさせなければいいだけ。

「ユフィ、風が出てきたが寒くないか？」

「いいえ、寒さには強いから大丈夫だわ」

五年が経過して、ディートハルトはますます男性的な色香が増している。いつ見ても優しく逞しい旦那様が大好きだ。

二人の秘密の部屋には未だに鳥かごが置かれている。

変わらない愛の巣として、これからもずっと愛を確かめ続けるために。ユフィのドレスの下には、今も鳥かごの鍵が首にかけられている。

あとがき

こんにちは、月城《つきしろ》うさぎです。今作はなかなか初夜を迎えられない新婚夫婦が鳥かごを使って距離を縮めていくラブコメです。鳥かごプレイが書けて満足しております！

ディートハルトは巨根と体格差を気にして新妻に手が出せない我慢強い男になりましたが、わりとまともなヒーローではないでしょうか……（まともな男が鳥かごを作ってしまうかはわかりませんが）。ちなみにロリコンではないです。念のため。

頑張るヒロインが好きで、ユフィはとても書きやすかったです。モフモフもいいですよね。ルーはディーを覚えていましたが、野暮なので黙っていたのかと。あとユフィの両親も気に入っています。若かりし頃のフランツはユフィ母の護衛騎士だったと思います。

イラストを担当してくださった鳩屋《はとや》ユカリ様、とってもキュートなユフィとイケメンマッチョを描いていただきありがとうございました！　キャララフが可愛すぎて悶えました。

担当編集者のH様、今回も大変お世話になりました。ありがとうございます！

最後に読者の皆様、楽しんでいただけましたら嬉しいです。

皇帝陛下と秘めやかな鳥かご
～新妻が可愛すぎて限界突破しました‼～ Vanilla文庫

2021年9月20日　第1刷発行　定価はカバーに表示してあります

著　者　月城うさぎ　©USAGI TSUKISHIRO 2021
装　画　鳩屋ユカリ
発行人　鈴木幸辰
発行所　株式会社ハーパーコリンズ・ジャパン
東京都千代田区大手町1-5-1
電話　03-6269-2883（営業）
0570-008091（読者サービス係）
印刷・製本　中央精版印刷株式会社

Printed in Japan ©K.K. HarperCollins Japan 2021 ISBN978-4-596-01437-5